全民微阅读系列

麦色浪漫

何正坤　著

江西高校出版社

图书在版编目(CIP)数据

麦色浪漫/何正坤著. —南昌:江西高校出版社,2017.9(2020.2 重印)
(全民微阅读系列)
ISBN 978-7-5493-6061-1

Ⅰ.①麦… Ⅱ.①何… Ⅲ.①小小说—小说集—中国—当代 Ⅳ.①I247.82

中国版本图书馆 CIP 数据核字(2017)第 225564 号

出版发行	江西高校出版社
社　　址	江西省南昌市洪都北大道 96 号
总编室电话	(0791)88504319
销售电话	(0791)88592590
网　　址	www.juacp.com
印　　刷	永清县晔盛亚胶印有限公司
经　　销	全国新华书店
开　　本	700mm×1000mm　1/16
印　　张	14
字　　数	180 千字
版　　次	2017 年 10 月第 1 版
	2020 年 2 月第 2 次印刷
书　　号	ISBN 978-7-5493-6061-1
定　　价	36.00 元

赣版权登字-07-2017-1166

目录

CONTENTS

第三辑　路上的风景

第四辑　没事偷着乐

第五辑　和往事干杯

第六辑　何处觅风流

第七辑　风起的日子

第一辑

那些糗事儿

我叫徐局

我叫徐局，我爸叫徐科，我爷爷叫徐股。我这名字就是我爷爷起的。我爸的名字也是我爷爷起的，结果我爸就混了个科长，一直干到了退休。我爷爷对我说，好好干，将来当个局长。

我爸通过关系将我塞进城管局。报到时，人家挺奇怪，咋叫这么个名字？一来就当局长啊？巧的是城管局局长就姓徐，大家也叫他徐局。你说爷爷给我起的啥名呀？听到人家喊“徐局”，我不太敢搭腔，怕人家是叫局长的。时间一长，同事不乐意了，说我傲慢，甚至还说我摆局长的谱。你说我冤不冤？我可不想刚进单位，就给人留下糟糕的印象。人家再叫“徐局”，我就答应了，不想又惹事了。有两次人家明明叫局长，我没看到局长走在我身后，就应了。徐局长不高兴，瞪得我惶惶不可终日。我很为难，不知人家叫“徐局”时，我该不该答应。

那天同事李梅说有我电话。我接了。电话是个老干部打来的。他说你是徐局吧？我说您就叫我小徐吧。老干部愣了，叫小徐不合适吧？我说在您面前，我永远是小徐。老干部很高兴，夸我是好局长，说是关于离休干部福利待遇的事，找局里好几回了，都没解决。我明白不是找我的，是找局长的，只好安慰老干部，说局里已开会研究过了，只是暂时有点儿难，过些日子解决吧。老干部见我如此谦虚，竟表示理解。徐局长听说这事后，把我夸奖了一番。

3月中旬,大家都忙着写季度总结,李梅又来叫我接电话。我接了。对方说,是徐局吧?我说是。对方让我做城管工作创新的材料,到时去市里做汇报。时间另行通知。我暗忖这是展露才华的大好时机,于是查阅了大量城管方面的资料,还参阅了国外城管的先进做法,准备了一份满意的答卷。半个月后的一个中午,徐局长到办公室大发雷霆,要李梅查查,半个月前谁接了市里的一个电话。还说他今天去市里开会,市里要他汇报城管工作如何创新,他一点准备都没有。市里却说半个月前就通知他了。我吓得不敢说话。李梅看我浑身不自在,说,是你吧。

我被带到局长办公室。徐局长拍着桌子向我咆哮,责问我为什么接了电话不汇报。我手脚打战,说我听错了,以为是让我写的。局长哼了一声,一脸不屑地说,那工作是你能做得了的吗?那是局长的工作!你还真拿你自己当局长啊!我头上的汗珠一直往下滴,一个劲儿说对不起,徐局长才消了点儿气。他语气温和了些:这么说,材料你准备了?我说准备了。我将材料打了出来,交局长过目。局长走马观花地看了一下,似乎不太满意,说,这样吧,下午你跟我去市里汇报吧。

下午我跟着徐局长去了市政府。徐局长先向市领导做了介绍,说这是我们局的徐局,年轻有为,我让他做了城管创新工作材料,他出差,中午刚到家,被我叫来了。徐局长让我给领导做汇报。材料是我悉心准备的,所以汇报起来很轻松。市领导一边听,一边点头,还不时插话。汇报结束,市领导向我竖起了大拇指,看得出市领导对我的创新构想很满意。我表面不动声色,心里高兴极了。徐局长也高兴,不失时机地在领导面前夸我,甚至说我是局里的重点培养对象。回到局里,局长却没有培养我。

两个月后的一天,我在公交车上遇见原恋人程莉。我们分手五六年,今天遇上了,我太激动了,忍不住握住程莉的手,没注意到程莉的脸色很不自然。我滔滔不绝地诉说着离别的思念,冷不防脸上挨了一记重拳,踉跄了一下。打我的是站在程莉身边的男人。男人长得高大,气势汹汹,说,你是谁啊?要流氓啊?我镇定了一下,一字一顿地说,我,徐局,市城管局的。男人说,你城管局局长就可以要流氓呀?又一拳挥了过来。我侧身躲过,回了一拳,打在男人的脸上。程莉嚷了起来,说,徐局,你凭什么打人呀?我甩了甩手,做出无所谓的样子,下了车。

过了半个月,市领导找我谈话,要提我当城管局局长。我说,那徐局长呢?领导说,他犯错误,调到人大去了。我莫名其妙。我说我太年轻了,怕担不起这个重任。市领导笑了,说,事在人为嘛。我被正式任命为城管局局长了。后来我偶然听李梅说,徐局长是因为要流氓,才被调离的。啊?我吃了一惊。李梅说,你不知道啊?太 OUT 了,网上都传疯了。晚上回到家,我上网搜了一下,果然有好多帖子,标题是:城管局长要流氓,公交车上当色狼!

像老子一样活着

我没被局纪委双规,却被我爹“家规”了。爹火冒三丈地对我说,你写个保证书给我,再犯错,就别回这个家!我知道爹的犟脾气,翻了翻白眼,写了。爹把我的保证书折叠起来,锁在了柜子里。

爹是小题大做了,其实我也没犯什么大不了的错。爹却说,你是吃“皇粮”的，错误不论大小，小错不止，就是大错了。

我是我们吴家唯一吃“皇粮”的。而且爹说，从我老太爷那辈起，我们吴家就没人吃过“皇粮”。我在水校毕业后，通过考试进了凌州市水利局，吃上了“皇粮”。我倒没啥高兴的，我爹乐了，像是他自个儿捧了金饭碗，一脸的“菊花残”，然后又一脸正气地对我说，“皇粮”再好，也别忘了，是蝉村的粗粮把你喂大的。

正是爹的这句话，让我犯了错。事情是这样的。我进水利局工作了一年，对凌州的农田水利情况有了全面了解，心里却一直惦记着生养我的老家。老家蝉村在七支渠的西边，离凌州城有三十多里路。七支渠上没有桥，只有摆渡的。摆渡工叫老杨，从前辈那儿接过双桨，在渡口摆了半辈子。蝉村人去凌州，就靠老杨的双手摆过来再摆过去，交通极为不便。蝉村人做梦都想在七支渠上建座桥。我向局里建议在七支渠上建座桥。局长派人实地考察后，同意了我的意见，并让我全权负责这座桥的工程，给我一个锻炼的机会。

七支渠并不宽，所以工程也不大，结构简单，施工容易。因为给蝉村人带来了便捷，所以蝉村人很支持。不出两个月，蝉村桥就建好了。桥建好后，还剩了十来包水泥。我临时决定用这十来包水泥在我家的东面建个涵洞。

涵洞在我家的东面。涵洞本来是有的，很简易，下面埋了根大水泥管，上面铺了砖。十几年过去了，砖早就没了，一到夏天涨水，涵洞上的泥土就被冲跑了，裸露出水泥管来，走在上面一不小心就会滑倒。有几回，小孩子滑倒掉进了河里，差点儿出了大事。村里说要修，可说多少年了，也没见个动静。每年夏天，爹都要往涵洞上填土，可暴雨一来土又被冲跑了。

爹听说要建涵洞，来精神了，把一家人都动员了起来，二叔和堂哥都参与进来。三叔家盖房子剩了点儿砖,我姐家前些日子买沙子准备装修用的,都被爹拿来用上了。三天后,涵洞盖好了。村里人都夸我。村主任说我吃了"皇粮"没忘本,为家乡办了实事。爹听村里人夸我,也乐,看我的眼光里带着嘉许。

摆渡工老杨没夸我,看我的眼光冷冷的。桥建好了,老杨的摆渡生涯结束了。我理解老杨的心情,他的财路被我断了,心里自然不舒服。

没想到一个月后,局纪委找我谈话了,说有人反映我以权谋私,贪污了公家的材料,把建桥用的水泥沙子用到了自家门前的涵洞上。我如实地说了情况。我说建桥时剩了十来包水泥,如果运回来,还不够人工和运费,我就因地制宜,用到了涵洞上,也算是为当地百姓做了件好事。局纪委说,举报你的,恰恰是当地的百姓。我心里就有数了。

局纪委派人去了一趟蝉村,向村民们了解情况。后来情况弄清楚了,证明我没有以权谋私,更谈不上贪污。不过局里认为我事前没有请示,违反了单位纪律,还是给了我一个警告处分。

爹像蒙受了奇耻大辱,急召我回家。周末我回去了,爹问我,水泥哪儿来的?我说了实话,是建桥剩下的。爹一个巴掌抽过来,抽得我眼冒金星。我窝了一肚子的火。爹比我的火还大。爹说,当初你是怎么说的?

当初爹问我时,我是这么对爹说的。我说这十来包水泥是建筑队工头送的,人家十来包水泥不想运回去,不要了。不是我存心要骗爹,爹的脾气我知道,他是个直肠子,从不占人家一点儿便宜。我捂着脸说,爹,我还觉得屈呢,这涵洞又不是我们自家的,村里人谁不走啊?二叔也说爹不对,说我们贴了几百块砖和沙子,还贴了劳力,这哪是以权谋私呢?

我一气之下去找了老杨。老杨和我爹有过节。听说当年老杨刨了生产队地里的地瓜，被我爹举报了，两家自此再没说过一句话。我说，杨叔，是你举报了我？老杨果然承认了。我说，你对我爹还怀恨在心吗？老杨摇摇头，说，当年你爹举报了我，我被关了两天，当时我就撂了一句狠话，我迟早会抓住你爹的把柄。但这么多年，我一直没抓住你爹的把柄，你爹是个大公无私的人，每次过河，别人都有忘了带钱的时候，你爹却从来没有忘，连小孩子过河他都给钱。有一次，我差点儿就抓住你爹的把柄了。那时他在生产队里放牛，走在路上，一头牛的尾巴翘了起来。牛要拉屎了。牛屎拉在路上可惜，你爹将牛赶到了地里。我一看，正好是你家的自留地。我马上飞跑去了队长家，举报了你爹。等我带着队长赶来时，你爹拿着一把铁铲，正一铲一铲地将牛屎往生产队的地里铲呢。队长狠狠骂了我两句。我泄气了，我斗不过你爹。

抓不到我爹的把柄，就来抓我的？我有些气。

我早不恨你爹了，我举报也是为你好。老杨说，以前咱隔壁梨村的人头昂得高高的，瞧不起我们蝉村人，因为凌州市长是他们村的。去年凌州市长被双规了，梨花村的人蔫了，把头缩进了裤裆里。大侄子啊，你是咱蝉村唯一吃“皇粮”的，你可不能给蝉村人抹黑啊。你要像你老子一样，堂堂正正地活着，千万不要贪图小利。

回到家，爹还在生气，把三张百元大钞摔在我面前，说，这是水泥钱，你交给局里。老子这一辈子，不喜欢贪小便宜。人家老杨举报你是对的，不然以后还不知你要犯什么大错呢。我把钱放在爹面前，说，爹您放心，我保证以后不犯类似的错误了。爹说，口说无凭，你写个保证书。你要再犯，爹就没你这个儿子！

保证书交给爹时，我感觉那不是保证书，而是向爹交了一份入党申请书。

我是警察

眼看到年根了，我要请张清吃饭。张清是名警察，在派出所工作，平时就够忙的，一到年根，更是忙得不可开交了。邀请了几次，张清总算抽了个闲，约定今晚八点在水西门大街的风华楼聚聚。

八点一刻，张清才到。一见面，张清就抱拳致歉：兄弟，没办法，事情太多，又回家换了便装，所以来迟了。我说咱俩谁跟谁啊，十几年的铁哥们儿了，说这客气话干吗？待会儿多喝两杯酒就是了。两人哈哈一笑，坐下来边喝边聊。

我说，你来喝酒，咋还换了便装？咱俩又不是外人，不用穿得那么庄重。张清说，兄弟你不懂，那身制服穿在身上，人就被管制死了，很不方便。穿便装多自由啊，大家都是平头百姓，想骂爹骂爹，想叫娘叫娘，谁管得着啊？我说那倒是，难得今天你穿了便装，咱俩就喝他个不醉不归，反正破坏不了人民警察的光辉形象。我和张清是老朋友，在一起说话一向口无遮拦。

可能是太晚了的缘故，风华楼的顾客并不多，只有四五桌客人在吃饭。到了八点半，五号桌客人吃完了，服务员收了席。不一会儿，又来了三个男人，坐在五号桌上。服务员赶紧奉上茶水，递上菜谱。

我们酒喝得不多，话说了不少，东拉西扯的，先说南京今年的天气还好，不算冷，再说起南京白鹭洲公园发现了男性尸体，接着又说到南京最近发生的抢枪事件。酒兴不错，谈兴也浓，喝到九点半，两人才喝了大半瓶。正聊着，忽听一声刺耳的爆裂声，继而是一个穿夹克的男人的粗骂：你们这是敲诈，是欺骗！又一个穿风衣的男人说，让你们老板出来，给老子个说法！接着，那个摔杯的平头男人啪的一声又摔碎了一个杯子。

店堂里顿时乱了起来。

我和张清停下筷子，竖起耳朵听个仔细。原来五号桌的三个男人吃完了，结账时发现服务员把账算错了，将五号桌前一拨客人的账加到了这三个男人的账上。三个男人得理不饶人，大闹店堂，满嘴脏话，又骂又砸。穿风衣的男人说，让你们的老板出来，给老子个说法，他是不是不想开酒楼了？收费的服务员是个小女孩，怯怯地低着声，一个劲儿地赔礼道歉，我把多收的钱退给您，行吗？穿夹克的男人指着女孩的鼻子说，想退钱了事？知道你这是什么行为吗？是敲诈！你别和老子说什么账算错了，你怎么不错给老子呢？

三个男人气势汹汹，服务员们都不敢说话。有几个年长的客人前去劝解，劝三个男人消消气，给小女孩一个改正的机会，又让小女孩向客人赔礼道歉。小女孩一再鞠躬致歉，但三个男人不肯罢休，一定要老板出来给个说法。一个年长的客人对小女孩说，要不，你们就请示老板赔点儿钱吧，毕竟错在你们嘛。平头男人说，对嘛，双倍赔偿，不就完了？你多收了我们四百块，赔我们八百就 OK 了。小女孩不敢答应，只是对着离吧台最近的三号桌发愣。

三号桌的四位客人仍在喝酒。吧台面前虽然吵得厉害，四位客人却似乎充耳不闻，像什么也没发生一样。酒店的其他客人都在看热闹，我和张清也在静观事态。我小声对张清说，这三个男

人太过分了,得饶人处且饶人嘛。张清说,是过分了,小女孩显然不是故意的。我说那小女孩肯定是不会敲诈的。张清说,话是这么说,可真的要说她是敲诈,也不是不可以哟。

穿风衣的男人捶着吧台问,你们老板呢?让你们老板出来呀!你们老板不会是缩头乌龟吧?穿夹克的男人也在嚷,是不是不想解决问题呀!再不给个说法,老子报警了!平头男人又将吧台上的计算器摔出老远。

我忽然盯着张清看,低声说,这三个男人太过分了,你过去制止一下嘛。

张清伸出右手食指,竖在嘴上,嘘了一声,压低声音说,少管闲事,你没看我穿便装吗?

我说,警官证带了吗?

张清说,带警官证有什么用?带枪也没用!不穿警服谁怕你呀?警察办案,靠的是那身制服,那样才能镇住别人。穿制服办案,谁敢动你,那是袭警!你穿个便服办案,给人打了也是白打。这年头,人太猖狂了。

我理解张清的话,这年头做警察确实不容易。我举杯,那……咱们喝酒,莫管闲事。

三个男人闹了一阵后,始终不见老板出来,小女孩不过是个打工妹,也实在没什么油水可榨的,便有点儿想收场了。平头男人继续摔杯子,以营造现场的紧张气氛。穿夹克的男人说要报警,不知为什么又迟迟不报。穿风衣的男人把吧台擂得咚咚响,要讨个说法。最后还是那个年长的客人出面调解,让小女孩赔点儿钱了事。最后小女孩拿出二百元,并赔上了一大堆好话,三个男人才甩门而去。

我们也喝得差不多了。结了账,我们准备离开了。路过三号桌，张清指着一个穿黄色羽绒服的中年男人说，店里闹成这样，你还喝得下酒啊？中年男人说，怎么啦？张清说，你这个老板怎么当的？店里出这么大的事，你都不出面。刚才你要出面了，给他们个说法，或者赔点儿钱，不就早早了事了？何必要闹上这么长时间呢？

中年男人红着脸，干笑着。我拉过张清，往门口走。

张清说，这个老板，太不称职了，简直就是个缩头乌龟！

我说，你咋看出他就是老板？

张清笑了，说，你别忘了，我是警察！

一九九〇年的电影

我和赵天芳谈半生不熟的恋爱时，阎朝军和朱红梅刚步入初恋的轨道。我和阎朝军是铁得快融为一体的好哥们，彼此间几乎没有秘密。记得当时媒人介绍我和赵天芳第一次见面时，是1990年的夏天。我的条件很不好，袜子破了，穿上凉鞋，脚趾就探出了脑袋。可我不舍得买新袜子，一月几十块钱的工资，总是不够花。咋办呢？相亲不能穿破袜子吧，于是就是找阎朝军借了双袜子。

我们都处于激情燃烧的岁月，少不了会在一起交流爱情心得，总结恋爱技巧，偶尔还会秀一把各自浪漫的事，分享着彼此的甜蜜和美好。

约会本该是约好了时间约好了地点后再见面的。可偶尔也有不按套路的时候。比如这个下午，我快下班的时候，赵天芳竟不请自来了。她的突然出现，令我又惊又喜。赵天芳摇着我的胳膊说，今晚去看电影，好吗？黄海影剧院正在放《菊豆》，巩俐演的。那时男女约会，看电影是最常见的娱乐方式。我没来由地紧张起来。我把手伸进裤袋里，悄悄地捏了捏，什么也没捏到。再反复捏了几遍，仍是一无所有。我嘴上说好的好的，可心里忐忑得不行！那时的我刚毕业两年，常闹经济危机。我的月工资88.5元，稍有不慎，支大于收，就出现财政赤字了。赵天芳的意外造访，正是我入不敷出的时候，又不能直言相告，怕她弃我而去。偏偏赵天芳又来个落井下石，说，我饿了，去吃兰州拉面吧。我的脸僵硬着，好不容易挤出一丝笑容来，说，好吧，好吧。我心里却在盘算着本次约会的经费预算和经费来源。兰州拉面2块一碗，两碗4块。电影票一张2.5块，两张5块。那么今晚的约会经费，如果不出意外的话，约需10元人民币。至于经费来源，我本能地想到了阎朝军。袜子能借，钱当然更能借了。

我带着赵天芳一起，去找阎朝军。寒暄几句，趁赵天芳不注意，我低声对阎朝军说，快，借我10块钱！阎朝军犹豫了一下，看我，又瞄一眼赵天芳，磨磨蹭蹭地从裤袋里摸出两张5元来。够哥们！我用力握一下阎朝军的手，然后带着赵天芳去吃兰州拉面了。吃完面，看电影。一个半小时后，电影散场了，赵天芳还陶醉在电影里。到了黑灯瞎火的街道里，赵天芳忽然双手吊在我的脖子上，疯狂地吻我，说，太好看了，巩俐演得真好。亲爱的，谢谢你。我在心里说，不用谢我，要谢就谢阎朝军吧。

过了一周，我才去找阎朝军，还钱并表达谢意。阎朝军接过10块钱，像没见过钱似的，死死地盯着，看着看着，眼睛就湿润了。我好生奇怪，还钱给你，咋哭了呢？阎朝军咬了咬唇，盯着我说，你小子讨得美人心了，我呢？我被朱红梅踹了，知道吗？

我怎么会知道，在我和赵天芳约会的那个晚上，阎朝军和朱红梅也要约会。我又怎么会知道，阎朝军借钱给我后，自己竟身无分文了。那个晚上我和赵天芳去找阎朝军的时候，阎朝军正在等朱红梅。他们是事先约好了的。我向阎朝军借钱时，阎朝军面露难色，但我没留意。我们走后，朱红梅到了，没多闲话，两人就去了电影院。先去了黄海影剧院，阎朝军到了售票口，又退了出来，对朱红梅说，《菊豆》我看过了，去工人文化宫吧。到了工人文化宫，阎朝军到售票口，又退出来，说也是《菊豆》，没啥好看的，再去工人电影院看看吧。到了工人电影院，阎朝军故伎重演。朱红梅不乐意了，说《菊豆》上演才几天，你和谁看的？阎朝军被问住了，支支吾吾地说，一个朋友。朱红梅紧追不舍，问，男的女的？阎朝军说，男的。男的？朱红梅伶牙俐齿，说，该不是你那初恋情人张丽吧？朱红梅不听阎朝军辩解，又问，《菊豆》演的什么？口气硬得像审讯犯人，目光也咄咄逼人。阎朝军被问蒙了，支支吾吾半天，答不上来。朱红梅一扭身，跑了。

之后阎朝军天天去找朱红梅，每次都被骂了个狗血喷头。朱红梅意志坚决，十头骡子都拉不回头了。

我特难过，也很自责。我想去找朱红梅，说明真相，求她谅解。可阎朝军说算了，事已至此，无可挽回了，她的性格我知道，所有的解释都是徒劳的。我还想说些抱歉的话，阎朝军一摆手，故作轻松地一笑，说，失去一个恋人，赢得一个朋友，不算亏！至少让你明白，我阎朝军不是一个重色轻友的人！

汉式婚礼上的糗事

混了几十年,没想到五十岁了,还混成了小有名气的明星。去年路道文化传媒公司老板看好我,让我去演皇帝。我说扯啥呢,我一辈子都没演过戏,连个路人甲都没演过,咋能演皇帝呢?路道公司老板笑了,说这皇帝和路人甲差不多,不用说话,走几步路而已。我说你咋不找个形象好的呢?老板笑了,说形象好要价高嘛。我听出来了,用我这样的,图的是便宜。我说出场费多少?老板说三百。我觉得还行。现在人工费也就这行情。好在这活不用出力,走走而已,比做工轻松多了。老板说,不过,要走认真点喔。这是演戏,下面有观众在看呢。走不好,我是要扣劳务费的。看来这钱没那么好拿。

到了路道公司后,老板安排人给我穿龙袍,戴皇冠。我在镜子里照照,哦,果真有那么点帝王之相。看来老板眼力不错,一眼就看出我是演皇帝的料。然后老板开始说戏,整个过程都是老板在主持解说,我们按他台词走步或施礼。我的戏比其他人稍多点。我演皇帝,又是新郎,是主角。花童持灯引路,我身着龙袍头戴皇冠和新娘上场,伴郎伴娘分站两侧。然后我和新娘行沃盥之礼,就是洗一下手,表示爱情在圣水的盥洗下能相互包容。接下来,我和新娘行对席礼,行同牢礼,表示相敬如宾。再行合卺礼,就是交杯酒。行结发之礼,象征夫妻和睦。行执手礼,意即执子之手与子偕老。最后对拜天地。然后再在台上走一圈,后面跟着侍从护卫，一直走到幕后。走完这一圈，什么话也不用说，老板马上给我三百。若有单位赞助，还能得点礼品。

汉式婚礼挺受欢迎，每次演出都有不少观众。演了几十场后，我在这一带小有名气了。我是皇帝，又是新郎，这个角色容易被人记住。老板对我也很满意，说我演得好，演得认真。

老板说得没错。虽然没有台词，也是个主角，我演得很认真。每次上台前，我都要检查服装有无破损，穿戴是否整齐，头发胡须是否清亮，裤子鞋子是否合身。有一次台前做准备时，我发现皮带太粗，勒着不舒服，怕影响演出状态，便在演出之后马上去大华商店重新买了根皮带。

后来，大概是一个月后，第五次上台吧，花童引我和新娘走上台时，忽听噗的一声，我感觉腰那儿被解放了。很快，裤子往下滑落，幸好穿着龙袍，遮住了裤子的落逃。与此同时，我隔着龙袍捏住了裤子。我悄悄将裤子往上提了提。想松手试试，手一松，裤子就跑。我只好一直捏着裤子。无论行什么礼，走什么步，一只手始终按在龙袍上。新娘是个年轻女孩，在对拜时悄声问我，肚子疼吗？我说不是。老板站台边主持，总拿眼瞅我。观众也看出了我的异常，在下面点点戳戳。我很窘迫，却别无他法，只能提着裤子。

演出结束，老板对我几乎是咆哮了，说我演砸了他的戏。我说是皮带上滚轴扣松了。老板不听解释，说这次演出费扣了。说扣你才三百，赞助单位扣我三千呢。我顿时哑了。老板损失这么多，我还能说什么呢？可我平白无故地扣了演出费，又该怨谁呢？

我想到了大华商店，就去找他们讨说法。我说我在演出时滚轴扣松了，裤子差点掉了。几个女营业员笑翻了。我说我是来讨说法的，才买一个月，质量就出问题了，你这滚轴扣肯定不过硬。

我把票据和皮带都拿了出来。女营业员又笑,说便宜没好货,皮带才一百,你想要什么说法?我说我被老板扣了三百,你们得赔我。一个漂亮女人说,有你这么不讲理的吗?你要拿皮带上吊了,我们还得赔你一条命吗?另几个女营业员跟着又笑。我说我不是不讲理,我是在讲理,讲法理,是在维护我的合法权益。漂亮女人说,你的皮带才一百,要我赔你三百,你这是讹诈吧?我和她解释半天,漂亮女人坚持说我是讹诈。我说你不赔,我就去消协。漂亮女人不屑地说,爱去哪去哪吧。

我这人就爱较真,我真的去了消协。消协的李科长接待了我。听了我的情况后,李科长跟我去了大华商店。漂亮女人还是那副态度,说我是讹诈。李科长说他不是讹诈,情况属实,有售货票据为证。漂亮女人说那又怎么样?我不能一百赔三百吧?大不了他退皮带我退钱。李科长说这不是一回事,退归退,赔归赔。我说我不是乱索赔的,我有证明。我将我从路道公司那里复印来的每次出场费发放表拿了出来。李科长说,他这个要求并不为过,不是讹诈。李科长向漂亮女人解释了《消费者权益保护法》,漂亮女人沉默了。过了一会儿,漂亮女人说,这么说,我们商品给消费者不管带来多大的损失,都要我们承担吗?李科长说是的,所以要保证商品的质量。漂亮女人从抽屉取了三百递给我,又帮我换了根牢靠的皮带,然后对李科长说,看来我真的要看看《消费者权益保护法》了。李科长说,我下午给你送来。我说,李科长,给我也捎一本吧,我也从没仔细看过呢。

现在我还在路道公司演出,不过再没发生在汉式婚礼上掉裤子的糗事。

鸟人鸟事

翻过日历的最后一页，年关近了。阴冷的风嗖嗖的，像利刃的寒锋，给国贸中心镀上了一层坚硬厚实的光。

国贸中心落成不久，是这座城的佼佼者，英姿俏丽，线条优美，楼体富有浓郁的美式风情，楼层也是这座城里最高的，三十二层。楼顶上有三根方柱，远望像三军将士，笔直地立在楼顶，坚守着圣洁高雅的国贸中心。据说，国贸中心是市长亲抓的形象工程。

这天早上，太阳似醒未醒，晨雾在点点消退。有人透过轻雾，惊讶地发现，一根方柱颇为特别，柱顶上多了一个黑影，像一只鸟儿立在上面。待太阳醒来，晨雾薄了些，人们更惊讶了，柱顶上的黑暗不是一只鸟，而是一个人，坐在无边无沿的柱顶上。旋即，一道景观惊动了整座城，也惊动了市长局长们。

市长第一时间赶到了，成立了指挥中心，分析那“鸟人”爬上柱顶的原因。经过集体讨论，市长拍板，基本认定那“鸟人”是个民工，上楼顶的原因是为了讨薪。讨薪的事在这座城里屡见不鲜，屡禁不止。为了讨薪欲跳楼自杀的民工，市长亦已司空见惯，每次都能化险为夷。市长心里有谱，马上先给广电局局长打了电话，让他派记者前来采访。不一会儿，采访车来了。

市长站在楼下，举头望高，看得不甚清楚。那“鸟人”坐在柱顶上，似乎优哉游哉，不像要跳楼的样子。市长心里踏实多了。

待会儿给了工资,你给老子乖乖下来!市长又调来了110指挥中心、119消防大队、120急救中心、外来工援助中心、劳动监察大队等部门。市长临危不乱,成竹在胸,拿起喊话筒,在现场进行分工,一切布置得井然有序,有条不紊。几十名警察、消防官兵、白衣天使立即各就各位,有拿担架的,有拿喊话筒的,有扛摄像机的,有人架云梯,有人铺气垫,有人拉起了结实的渔网,有人将围观的人往外清理。这一切都被摄在了镜头里,一个漂亮的女主持人在做现场解说。

营救工作开始了。警察们像蜘蛛似的,慢慢地爬到国贸中心的墙上。消防官兵们缓缓地升起云梯,一点点向高空攀升。云梯只能升到二十五六层就升不上去了,离那“鸟人”还有十来层的高度。消防官兵看那“鸟人”,大了不少,基本能看清是个男人,穿着破旧的防寒服,头发在风中招展。消防官兵开始喊话。高处的风又大又急,消防官兵的声音在空中像一口呵欠,一眨眼被风吹散了。消防官兵喊了半天,那“鸟人”充耳不闻,连看都没看一眼,稳坐柱顶上,向东方深情地眺望,物我两忘。这个鸟楼!消防官兵骂:搞什么形象工程嘛,建得这么高,还弄了那么高的柱子,尽是些华而不实的破玩意!消防官兵向地面做了汇报。市长一挥手,戴上消防帽,穿上消防服,大喝一声:我上!市长心里有谱,之前解救民工,他上过云梯,一点也不紧张。可局长们不答应,毕竟国贸中心是这座城的最高楼,怕市长恐高,怕市长有什么闪失。市长微微一笑:怕这怕那,就别当领导!市长颇有些英雄气概。

市长登上云梯。云梯庄重地载着市长,缓缓攀升。半空中,市长很有风度地向大家摆手。那挥手之间,与伟人颇有几分相似。然后,他毅然抬起头,仰望长空。云梯谨慎地将市长送到了最高空,市长扬起头,举起喊话筒,对着那“鸟人”喊话。市长说话依然慢条斯理，亲切地喊，民工兄弟，我是市长，你有什么难处对我说。那“鸟人”像个木偶，坐在柱顶上，稳如磐石。消防兵急了，举起手中的喊话筒，猛吼一声：这是市长！声音像惊雷，划破长空，直冲那“鸟人”而去。那“鸟人”这才回过头来。市长说，你有什么条件，尽管提出来，天大的困难，我都帮你解决。那“鸟人”说了一句话，声音出了口就跟着风飘走了，市长听不到。市长耐心劝说，反复讲着道理，并答应只要他下来，什么条件都可以答应。那“鸟人”大概是信了市长的话，从柱顶上爬起来，踩着柱上的钢筋踏板，一步一步地下来了。市长长出了一口气，笑了。

那“鸟人”还在慢慢地下楼呢，市长的云梯着陆了。记者们蜂拥而至，面对麦克风摄像头，市长侃侃而谈。有人问市长，听说您有高血压和恐高症，您上去不怕吗？市长哈哈一笑，说，上那么高的地方，谁不怕？但是，在人民的生命财产面临威胁的时候，作为一市之长，作为父母官，应当挺身而出，见义勇为，维护一方平安。

市长的采访结束了，那“鸟人”才被警察押到了楼下。记者们又围了过去，镜头对着那“鸟人”，唰唰地响。记者们问那人，老板欠了你多少工资？那人说，老板不欠我工资！这让记者们大吃一惊，同时对那人更感兴趣了，纷纷把话筒送到那人面前。记者问那人，那你为什么上顶柱？那人搔着头，不好意思地笑了。

在记者的再三逼问下，那人说了。我在这座城待了四年，参加建设了五座大楼，有电信大楼、税务大楼、银行大楼、行政中心和国贸中心。我一个农民，能用自己的双手，在城里建了这么漂亮的高楼，我自豪！要过年了，我要回老家了，以后就不来这里了。我想再看看我亲手建的高楼，从高处看看它们，和它们最后一次亲密接触。

那个漂亮的电视女主持人问，你爬那么高，不害怕吗？

那人满不在乎地笑了，说我们是瓦工，出来是挣钱的，高楼大厦爬多了。

市报记者问，下面这么多人在忙，你为什么不主动下来？

瓦工说，我确实看到了下面有很多人，蚂蚁一样在爬动，我不知道你们在干什么。再说，我是个外来工，除了这几座楼与我有关，这个城里的一切都和我无关，所以我没多想，我以为你们在做什么演习或表演呢。瓦工看看表，笑着说，不好意思，我要赶火车了，快到点了。然后，一溜烟跑了。

瓦工的回答令市长很不满意。瓦工怎能这么说呢？市长忙碌了半天，岂不是白忙了？市长刚才回答记者的提问，显然是驴唇不对马嘴了。

晚上，电视新闻及时播出了市长在现场的沉着指挥，市长在长空中的勃勃英姿，以及市长回答记者的提问，一节不拉一字未动地播了。最后一个画面，是那“鸟人”非常满足的、憨厚的笑容。

我们看电影吧

他是我的上司，是老板从外地聘来的经理，很亲切，很温和。初见他时，我就有了好感，说不清是为什么，总觉得他就是我苦苦寻觅的梦中人。其实我并不了解他，我们也没有单独聊天的机会，上班时要接待顾客，不能闲聊，下班后我回我的家，他回他的住处。我只是自顾自地编织着瑰丽的梦，把他生硬地拉进我的梦里。

几个月后，老板要求他逐个与员工恳谈，了解员工的思想动态。我好开心，暗自高兴，终于有机会和他单独谈话了。这一天终于来了。那天，我刚接待了顾客，店长通知我说："经理在银城酒店一楼，找你去谈话。"我整了整衣服，又去洗手间理了理头发，然后轻盈地迈着步子，去了银城。他坐在沙发上，已为我准备了茶水。我竭力掩饰着内心的娇羞，强作镇定地坐在他对面。他开始谈工作了，我一点儿都听不进去，心不在焉地敷衍着。待自己完全平静了，我决定抓住机会，变被动为主动。等他刚停了话，我便插上去说："我看过你的博客。"他显得很吃惊，没想到我会这么说。他问我："你也写博？"我说："偶尔写。"他像遇到了知音，和我聊起了博客，并建议我坚持写下去，写下自己的喜怒哀乐。我说我喜欢看书，他说他也喜欢看书。我说我喜欢看电影，尤其是动作片，他说他也喜欢看动作片。我知道他不是在讨好我，但我还是很高兴，毕竟我们有这么多共同的爱好。于是我向他大胆地伸出了橄榄枝："经理，啥时请你看电影？"他丝毫没看出我的阴谋来，随口说道："好啊。"

第三天晚上，我十点下班了，给他发个信息："看夜场电影吗？"他回信息还是那句话："好啊。"我按捺不住内心的喜悦，先去了金典国际数字影城。遗憾的是，电影已经上演半个多小时了。我坐在影城外面的椅子上等他。他一会就到了，坐在我对面。我们杂七杂八地聊着。我像一个谈判高手，总能把握着话语权，适时地将话题引到感情上。我告诉他，我和老公感情不好，一直分居。他"哦"了一声，问我："没找个男朋友吗？"我说："没有。想找个真心爱我的男人，难。"他笑了："连云港这么大，就找不到适合你的?”我挤眼一笑:“没有。我想找个外地的。”聊到凌晨一点,我们谈兴仍浓,可我得回去了,再晚了怕老公怀疑。之前已向老公请假:“下班了老板要开会。”老公知道我们老板有开会开到深更半夜的恶习。

两天后,是国庆长假的最后一天,金海国际影城在上映《白蛇传》。我再请他看电影。晚上七点,我们去了金海国际影城。他抢着要买票,我说我订了团购,便宜一半呢。我买了两张票,要了爆米花和两杯可乐,进了影院。电影很吸引人,他看得投入,很少和我说话。我看不进去,我很想伸出手去握他的手。可我还是抑制住了蠢蠢欲动的芳心。我也是个淑女,哪能不矜持呢？两人就这样相安无事地看完了电影。

散场了,他大概觉得让女人花钱不好意思,非要请我去喝茶。我们沿着海连路东行,进了一家茶社。他订了包间,要了一壶碧螺春,一盘瓜子。包间里有茶桌和一张沙发,没有椅子。我们只能挨着坐在沙发上。“咋就一张沙发呢?”他奇怪地说。我说:“OUT 了吧？这是为情侣准备的。”他脸红了一下,我也低下头,让秀发遮住脸。他没有接我的话题,说起了电影。“《白蛇传》好像漏了个重要情节。”“啥情节?”“百年修得同船渡呀。”我说,“那,坐一起看电影,坐一张沙发喝茶,修了多少年呢?”我盯着他看,眼里已有了蒙眬之色。他想岔开话题,我再次将话题拽回来。如是几次,他被我的语言挑逗得坐立不安了。他将胳膊放在我身后的沙发上,但没有碰我。他显然是心动了,他想表示点什么,但没这个勇气。我假装用手撩拨头发,故意挨着他的手。他没有缩手,两只手就那么挨着。我的心怦怦在跳,忍不住抓了他的手。他马上也抓住我的手,整个身子靠过来,搂住我的脖子,另一只手压在我的小腹上。我不能自禁地倒在他怀里……凌晨一点我们才离开茶社，所有的事情在不知不觉中完成得那么默契，那么美好。

我徜徉在甜蜜的爱情中，我以为我的爱情瓜熟蒂落了，谁知第二天他发了个信息："我们就此打住吧，不能玩火，过火了会闹得满城风雨。"之后店里相见，他很正经，像什么也没发生一样。眼神也很平常，看不出一点企图来。我很伤心。我开始怀疑他，他或许并不爱我，只是我的一厢情愿罢了。一连几天我不给他信息，不和他打招呼，他的信息反而来了："我们去看电影吧。"我想不去，可心先动了。我想他其实是爱我的，只不过有点懦弱罢了。于是我又打消了疑虑，和他和好如初。之后我们又看了《亲密敌人》和《猩球崛起》等几场电影，感情日渐加深。他对连云港不太熟，我就领着他去爬孔望山，去郁洲公园散步，去逛海州古城。

转眼，清明节到了，我们放了三天假。他要我陪他去扬州玩，我很为难。我要照顾孩子，更怕老公起疑心。但我还是答应了他。我是个不爱说谎的人，为了他，只好跟老公撒了谎，说单位要组织去扬州春游，并和一个同事串通好了，防止老公查问。

到了扬州，我们像一对热恋中的情侣，天天黏在一起，一刻不离。躺在蜀岗西风的青草地上倾诉爱意，漂在瘦西湖的水面上小船悠悠，品着东门的扬州美食，观赏运河两岸的灯火水波。回到宾馆，我们又像孜孜以求的探索者，乐此不疲地探索彼此身体里的奥秘。

从扬州回来，一场家庭风暴扑面而来。老公询问了另一个同事，戳穿了我的谎言。我无言以对，只丢下一句："离婚吧。"

我把事情对他说了，他说："还是不要离婚，毕竟我们都有家庭。"我知道他怕我牵累他。每每遇到事情，他都这样，想全身而退。我说："你不用担心，我离婚与你无关，我们的婚姻早就名存实亡了。”他还是劝我别离婚。他这个态度令我不爽。他又反过来哄我，说着甜言蜜语，说他很爱我，下辈子再娶我。

老公开始关注我了。只要和他在一起，回了家老公肯定要和我吵架。老公说：“他是个有家室的人，能跟你结婚吗？要是他能娶你，我就和你离婚！”老公是气话，却让我莫名地兴奋了。我真的想嫁给他。而且他提过他的婚姻，和我的情形差不多，勉强维系着。如果他能离婚，我们结婚该有多幸福。

其实我知道，我的想法是多么幼稚。可我还是管不住自己的心，要往这方面想。他虽然懦弱，但人很不错，我希望和他能有结果。但我遭遇了他泼来的冷水：“这将一下子拆散两个家庭！更重要的是，两个孩子是无辜的。”我说：“只要你娶我，我会拿你的儿子当亲儿子。”他说：“就算这样，我们住哪儿？离婚了，将没有房子，无论在连云港还是去外地，我们都无栖身之处。”我无语。

我的心乱如麻。我不知道该怎么办。一边是老公的谩骂和逼迫，一边是对他的难舍难分。他开始躲着我，几次约他看电影，他都以和朋友吃饭为由谢绝了。那次，金海国际影城放《醉后一次》，我先买了票，然后交到他手上：“我们去看电影吧，《醉后一次》。”他笑笑：“好，最后一次。”他接了票，放进上衣口袋，又从裤袋里掏出张纸，递给我看。“我要离职了，这是我的辞职报告，明天交给老板。”

那晚，我们看了最后一场电影。第二天，他果然没来上班。我在心里骂了一句：懦夫！之后听老板说，他离职了。再打他的手机，停机了。

吃凤尾虾的故事

那天，和几个朋友在新浦一家饭店吃饭。饭店开业的时间不长，也不太大，不过很干净，装修得很细致。老板是个女的，见了顾客总是面带春风，笑容可掬。我们在包间坐下，炳龙点了几道菜。饭店顾客少，一会儿，就上菜了。

不大工夫，五六盘菜全上来了。菜做得不错，既可口，又清爽。洪林说："饭店新开业，菜一定要做得好，这样才能吸引顾客。这个老板娘很有经营头脑。"最后，服务员上了一道菜油炸凤尾虾，色彩鲜艳，搭配协调，金灿灿的虾身，红彤彤的虾尾，炽热而璀璨。凤尾虾的中间，点缀着些许香菜，绿油油的，更赋予了大虾们新鲜的活力。炳龙先夹了一只，吃得很满意。我也夹一只放进嘴里，口味鲜辣，口感脆中有嫩，很好吃。炳龙又夹了一个给洪林，洪林吃了，说："这道菜很有特色，香喷喷的，不错。"

我们正吃着油炸凤尾虾，老板娘进来了。老板娘朝盘子里一看，只剩几只虾了。老板娘笑着说："实在不好意思，这道菜是另一桌客人点的，服务员上错了。"我和洪林吃了一惊。炳龙说："既然是服务员上错了菜，不该要我们付钱吧？"老板娘歉意地笑笑："好吧，不收钱，欢迎常来！"然后客气地退了出去。炳龙占了便宜，马上笑了，说："服务员一端上来，我就知道上错了，菜是我点的，我根本没点油炸凤尾虾。"我说："不过这道菜，确实不错。以后来了，一定要吃。"洪林和炳龙也点头称是。出门时，老板娘仍是面带春风地送我们出门。

后来,我们几次来这家饭店,都点了油炸凤尾虾。朋友们吃了这道菜,都说口味很不错。

有一次,武庭请我们吃饭,也去了那家饭店。武庭也点了油炸凤尾虾。席间,武庭说了件有趣的事,情形和我们差不多。“服务员上错菜了,将另一桌订的油炸凤尾虾,端给了我们。我想菜都吃了,当然要付钱,但老板娘坚持说是饭店的错,不收钱。老板娘这么讲情理,咱不能一走了之,吃饭时总会想到这里。”我笑着讲了同样的经历,我说:“老板娘很不错,但服务员不行,总是上错菜,要好好培训才是。”

但后来,又一个朋友和我说了同样的趣事,我突然间明白了。哪里是服务员上错了啊,分明是老板娘在招揽生意。油炸凤尾虾是这个饭店的特色菜,老板娘为了打响品牌菜,以上错菜的名义,让你先免费尝尝。菜的口味好,不怕你不来。

第二辑

花开花又落

麦色浪漫

她骑着车,穿行在麦浪中。滚滚的麦浪,如同此起彼伏的波涛。她似一叶小舟,游弋在热夏的碧波荡漾中。

她在麦浪中缓缓前行。她的耳边回响着月亮般的童声:“麦老师再见!”“麦老师,我爱你!”不是一声,是一声接着一声,一片接着一片,此起彼伏着,像眼前的麦浪。孩子们哭了,她也哭了,泪水如决堤的河。她想放声大哭,但她是老师,是孩子们的偶像,她不能哭得一塌糊涂。所以她没有哭出声来,她的声音在胸腔里呜响。

她和山村的孩子们打交道四五年了。她喜欢孩子们的声音,喜欢那一声声的亲切,喜欢那一声声的期盼,如同一首儿歌,清脆如铃,纯净如月,甜美如蜜,稚嫩如水。

她不姓麦。她怎么姓麦的,不记得了。她只记得,刚到幼儿园做教师的时候,有个知心姐姐对她说,你真漂亮。她笑笑,我皮肤黑。知心姐姐说,不是黑,是麦色,小麦的颜色,多浪漫多喜庆的颜色啊。知心姐姐就叫她小麦,家长们跟着也叫她麦老师,继而孩子们都叫她麦老师了。此后,她每做自我介绍时都说,叫我麦老师。

但是,这美妙的童音,亲切的称呼,从此只能在梦里流连了。她的车速慢下来,将车子停下,站在路上,对着麦穗发呆。麦穗鼓鼓的,像身怀六甲,就要分娩似的。她剥开一粒,放在自己的手臂上，麦粒和手臂的色彩浑然一体。

她是在山村长大的，她不舍得离开山村。

可是，她要离开了，哥哥让她去南方，还是做幼儿园老师，那边的工资是山村的三四倍。她不舍得离开，可父母和哥嫂们都让她去，她不得不辞了这里，明天就去南方了。

对着麦浪，她怔着，遐思着，耳边是连成一片的呼唤。这回，她再抑制不住，向着田野大哭。

她进了南方的幼儿园，带小班。又回到孩子们中间，她好似一尾鱼，在水中尽情嬉戏。她相信她很快就能和这里的孩子及家长们打成一片，找回失去的童话世界。

但事情并非她想象中的那样。她做了许多努力，然而这里的孩子毕竟与山里不同，家长与山里的也不同。孩子们不叫她麦老师，叫她老师。家长们也不叫她麦老师，也不叫小麦，叫她小黑。起初她没听懂，以为叫小麦，后来才听出是小黑。为什么叫小黑呢？她问同事艳艳，艳艳说，大概因为你长得黑吧。嘻嘻嘻，她笑，笑得心痛。她知道自己黑。记得在山村时，家长们和她比黑，说我们才黑呢，你不黑，你看上去又健康又漂亮。

学校里排舞蹈，没安排她参演。那时在山村里，她是台柱子，表演的舞蹈令家长和孩子们赞不绝口。可在这儿，别说是台柱子，连参演的机会都没给她。她太黑了，她知道。她的同事个个唇红齿白，没她这么黑的。她们跳的舞时尚，活力，具有青春气息。

她的普通话不算差。但艳艳提醒她，说话柔点，学学这儿的普通话。这儿的方言很柔，这儿的普通话带着地域特色，很好听。这里的家长说你的话虽然标准，但不好听，怕小孩模仿了你的话，更担心你的话太硬，声音大点儿会吓着孩子。她明白了，难怪学校安排她的课很少呢,是家长们不太愿意。

夜里,她第一次捂着被子,哭了。她一时找不到北。在山村时,没人介意过她的黑,也没人介意她的普通话。山里的家长和孩子们都喜欢她,爱看她跳舞唱歌,因为她对孩子们好,和家长亲。她在家长们的眼里,是最漂亮的,有说像黑牡丹,有说像黑郁金香。她们不太会比喻,只能用有限的并不恰当的词汇来赞美她。她也一度以自己的肤色为荣。她的肤色有着浓郁的乡村色彩,她属于山村。

她开始怀念起山村,怀念那些美好而浪漫的时光。多少回她在梦里,梦见了山里的孩子和家长,梦见自己为他们跳舞,赢来了喝彩和掌声。多少回她在梦里,梦见孩子们来南方找她了,要她再回到那个小山村。等醒来时,她的枕巾湿了一片。

她开始动摇了。她感觉自己的内心有一片天空,两股气流在涌动,一股寒流,一股暖流。暖流来势凶猛,几乎占据了她的整个心灵。寒流步步退让,快要从她的内心消失了。她知道,现在,只要来自暖流方的任何力量,都会将她卷走。

不久,她收到了一份快递,来自小山村的,里面有许多信件和照片。她看着,哭着。她没看完,就放声大哭了。

她走后,家长和孩子们十分想她,更有孩子们夜里哭醒了,说想麦老师。最后,园长开了一次座谈会,题目是:麦老师,我们想念你!家长们之前写好了发言稿,在座谈会上发言。孩子们一字一句地表述,说出心中的思念。在场的大人孩子都哭了。园长将现场拍了下来,将信件和照片一并寄了过来。

暖流占据了她的全部心灵。她再也无法控制。她回来了。

当她出现在山村幼儿园时,孩子和家长们把她围着,抱着,哭着。

麦老师,我们想您!

多么熟悉而甜美的称呼,她感动得唏嘘不已。她知道,她属于他们,属于小山村。小山村是她的土壤,孩子们是她的水源,离开他们,她的生命便没了意义。

当《种太阳》的音乐响起时,她再次翩翩起舞。她的麦色脸庞,像黑牡丹,像黑郁金香,照亮了无数双眼睛。而无数张笑脸,更衬得她的麦色脸庞熠熠生辉,充满着乡村的浪漫和快意。

陨落风尘的红玫瑰

A

一个大雪纷飞的冬日,我从军的口中知道,冰已离开了人世。这时正值年根,新年在即。

“冰给人办了。”军的口吻很随意,看上去又有些神秘,像是在讲一个耸人听闻的绯闻。

这没什么值得奇怪的,漂亮女孩从来都是男人想捕获的猎物,何况冰这样一个风韵撩人的少妇。

“冰死了。”军加重了语气,眼睛睁得很大。

“啊?”我的心咯噔一下,身体触电似的,从沙发上弹了起来。

真的吗? 真的。就在这个秋天,当秋风吹落最后一片叶子时,冰也随风而逝。

窗外一片雪白,凛冽的寒风肆虐着光秃秃的树枝。室内的空调扇出热风，暖融融的，雪花飘落在窗上，化成了水线，蚰蜒一样往下爬。室外室内俨然是阴阳两界。寒气穿过重重暖气，悄悄地向我袭来，一份刺骨的痛油然而生，我不由自主地裹紧了衣服。

B

认识冰时，我在一家婚庆公司做策划。我们策划了“中达杯”劳动技能比赛晚会。在这个晚会上，我和军，还有冰，负责后台的事。我这是第一次见到冰，眼前不禁一亮。冰有一米七，看上去颀长而丰满，身材非常匀称，姣好的面容略带着孩子般的稚气。冰外面套一件黑呢绒短大衣，里面穿一件褐红色的晴纶棉，黑色的紧身牛仔裤，更显出她卓尔不群的气质。脖子上扎着一方洁白的丝巾，长长的秀发散发着淡淡的清香。

冰刚加盟我们婚庆公司，余总请她做公关部经理。晚会结束后，我们一起去金元大酒店喝酒。军坐在冰的身旁，不时和冰打趣。我插不上话，坐一边静静地听。冰很健谈，落落大方，没有半点扭捏作态，跟军像是一见如故。冰的普通话不怎么标准，夹着少许的方言，特别是“n”和“l”，总是分不清，把“南”说成“兰”，把“靓”说成“酿”，不过声音很好听，银铃一般，那些不标准的发音，恰恰成了她语言的点缀，细嫩细嫩的。我倾听他们的交谈，欣赏着头顶上那盏由一朵朵白玉兰簇拥的灯饰。

“我是属兔的，热情奔放，诚实友善。”冰半认真半开玩笑地对军说。

“你也是属兔的？我也是。”我插上了话。

“是吗？我们干一杯。”冰说着举起了酒杯。

“冰小姐芳龄十八？”我在自己的年龄上减了一轮。

“什么？”冰开心地笑了，又叹了口气，说：“我三十了，儿子都十岁了。”

哦，跟我一般大。可冰年轻活泼的言语，青春活力的身姿，凝脂一般的肌肤，我怎么也不能把她与一个三十岁生了孩子的女人相提并论。

C

冰是做公关的料子。这一点，公司的员工都信服。但冰没接受过公关专业的培训。可冰会说话，说出来的话像百灵鸣啭，夜莺轻啼，甜甜的，柔柔的，略带些娇气。男人们听了，即使见到海味山珍，也没了胃口。如果冰那漂亮的双眼皮下，那双迷人的大眼睛再扑朔迷离地忽闪几下，男人们就会迷迷糊糊地走进温柔梦境。有时，即使冰一言不发，只需跟着余总，便可轻而易举地拿下订单。

余总正是瞅准了冰的优势，一些大宗婚庆业务，都派冰去打前阵。冰出马，大多是手到擒来。

婚庆公司不是余总自己的，是文学院创办的，文学院的老师们做别的不行，搞策划很内行。余总是婚庆公司的承包人。新一轮承包又要开始了，文学院的老师们蠢蠢欲动了。

周末晚上，余总在悦海大酒店摆下了“鸿门宴”，宴请学院的领导。这样的宴会余总自然要带上冰。

余总将冰安排在史院长的旁边，并将冰介绍给了史院长。史院长伸出肥嘟嘟的手，将冰的纤纤细指握了又握，问这问那，并特地给冰要了一听饮料，肉滚滚的脑袋几欲垂在冰的香肩上。

酒过三巡，冰始露巾帼英姿，主动换了白酒，举杯向几位院领导敬酒，一人一杯。接着，冰又向史院长单独敬酒，连敬三杯。同事们第一次见到冰有这么大的酒量，开始还为她捏把汗。但冰几

杯酒下肚,气色不变,又陪两位副院长分别干了三杯。院领导们未料到冰的酒量如此了得,惊讶不已。

酒足饭饱,余总安排大家到歌舞厅。史院长歌兴很浓,和冰一会是《糊涂的爱》,一会是《迟来的爱》,直闹到十二点,总算曲终人散。待大家作鸟兽散后,余总留下了史院长,说要商量承包的事。等客人散尽了,余总也走了,承包的事,余总交给了冰。史院长搞定了冰,冰也搞定了史院长。

新一轮承包合同敲定了,比上年少了十万元。众人皆明白,冰功不可没。

余总四十来岁,又高又胖。余总不是那种不吃窝边草的兔子,冰是他手中的一张牌,也是他嘴里的一块肉。

D

一个星期天,雨下得让人心烦。我来加班,冰也在。冰坐在接待室里,一边喝茶,一边听雨,默不作声。我在埋头写文案。

"你说情人好,还是爱人好?"冰突然问我。

我没有情人,我努力想象了一下,说:"打个比喻吧,不一定合适。爱人像是饭,天天都要吃;情人则是菜,不能当饭吃,而且要经常换,才有口味。没有菜,饭能吃得下;没有饭,再好的菜也吃不了。"

冰无语,把头转向窗外。我看到,冰的眼里,分明有种晶莹的东西在打转。

我似乎懂了冰,却又不全懂。冰仍与往常一样,清秀高雅地穿梭于客户之中,看不出一丝伤感。

冰所在的公关部工作非常出色,为公司赢来滚滚财源。金婚、银婚纪念日,七夕集体婚礼等,冰为余总拉来了不少订单。

大概是那次谈话的缘故，冰对我有了信赖。有一次，她说，她厌倦了公关这一行，想跳槽。我有些吃惊，冰为公司创下了如此辉煌的业绩，干公关这一行，在这海滨小城几乎无人匹敌，不知冰何出此言？

“这个社会，处处是陷阱啊。”冰不无感慨地说。

后来，冰真的离开了婚庆公司。

以后我再也没见过冰，也鲜有她的消息，直到她离开人世。

E

冰的去世，像风儿一样，在熟悉的人当中刮了一阵，之后又无影无踪。有人叹息她红颜薄命，有人惋惜她花容月貌，也有人把她当作茶余饭后的谈资。

“冰是个苦命的女人。”余总说这番话时，很动情，眼里湿漉漉的。

冰的老公叫枫，枫所在的货运公司倒闭了。枫买了一辆货车专门为食品公司送肉制品，开始生意还不错。后来有一次送货时，在外地被交警扣了车，车里的肉制品很快开始腐臭，客户拒收货物，食品公司要枫赔偿，还解除了运输合同。加之买车时借了债，家里陷入了经济危机。枫受了打击，开始自暴自弃，成天游手好闲，在麻将桌上混日子。

为了生计，冰承包了红玫瑰歌舞厅。此时，冰表现出了交际天赋，生意一天比一天红火。有些老板是专门冲着冰前来捧场的。

歌舞厅本是藏污纳垢之处，纯真的冰也渐渐变得开放起来。此时的冰不过二十三四岁，既有少女的清纯，又有少妇的风韵，引得男人们贼眉鼠眼。枫看了很不舒服，但又无奈，便整天混迹在酒场、麻将场。债台越来越高，冰的钱都被枫赌光了。终于，冰和

枫在离婚协议上签了字。红玫瑰歌舞厅也歇了业。

红玫瑰歌舞厅红火的那阵子,余总也是那里的常客,就这样认识了冰。

“我一直当冰是风月场上的风尘女,只要有钱便可得到她的一切。所以我从没有诚恳地待过她。”余总的脸上写着愧疚,“直到后来,我们有了那种关系,我才发现,冰竟是那么认真,像个初恋的女孩。”

我想起冰曾问过我的话,原来她期望我能给她个满意的答案。我当时的那个比喻,一定深深地刺痛了她。我突然感觉冰对我的那份信赖,竟是那么的沉甸甸。

F

至于冰是怎么死的,并不像军说的那么确定。冰死在自己的卧室里,这一点毋庸置疑。是自杀?情杀?抑或奸杀?谁也说不清楚。公安立案了,但一直未找到线索。冰的死成了人们心中的一个疑团。

斯人已乘黄鹤去,声名德行早已置之度外。人世间的一切,笑也好,哭也好;喜也罢,悲也罢,不过过眼云烟耳。

紫色丝巾

十七岁那年,我辍学了。我有个姑妈,家住无锡市区,我妈便托她帮我找工作。这年夏天,我到了无锡,就住在姑妈家。我个子高,身材好,长相就不用说了,往马路上一站,回头率十有八九。姑妈看我条件不错,就把我安排在无锡一家大酒店做餐饮服务员。

这是我的第一份工作,我认真对待,一丝不苟。酒店的各项制度、接待规定、服务要求,我背得滚瓜烂熟,并严格遵守。我勤快,也善于琢磨,边干边学,边学边思考。渐渐地,从前台到餐厅,从客服到经营,我掌握了许多知识。接待顾客时,我始终保持灿烂的微笑,经理对我非常满意。有次来了个老外,叽里呱啦讲的全是英语,服务员和经理都傻了眼。在她们不知所措的时候,我笑容可掬地迎上去,用英语借助手势接待了老外。我落落大方的神态,沉着应答的自信,不但老外很惊喜,我的同事们也惊得目瞪口呆。她们断然不会想到,我这个入职不到半年的新员工,居然还藏着这一手。我自己也没想到,我毕业后找好朋友恶补了大半年的英语,这时竟能派上用场。

事情传到老板那里,老板立即找我谈话,提拔我做餐饮部经理,工资四千,外加提成。这时我才十八岁,就做了经理。

我请姐妹们去芭拉拉跳舞。我表妹也去了。都是二十岁左右的女孩,我们尽情摇摆,无所顾忌,身体蛇一样东摇西晃,青春在舞池里肆意张扬。“这群女孩子,真疯!”舞曲停了,我听到有人在背后说,回头一望,是个三十来岁的男人。我扬起头,挺着胸,走了过去。周围的目光在注视着我。我斜睨了那男人一眼,什么话也不说,伸出手,用力摘了他西装上的纽扣,然后嘘了一声,用手指弹了出去。之后,我掉头便走。姐妹们发出一片呼声。那男人一直没说话,只是愣愣地看着我。

回家的路上,表妹说:“姐,你今天酷毙了!”我微微一笑,套

用网络流行语:“别迷恋姐,姐会让男人流鼻血!”

两天后的晚上,我们在教堂对面的家得福超市买饮料,表妹忽然一拉我。我一抬头,舞厅里的那个男人已站在我对面。我心里很怕,表面上仍很镇定。“这么巧,又遇见了?”那男人说。我说:“是巧合吗?”那男人说:“你们住在教堂附近吗?”我冷着脸说:“关你事吗?”那男人尴尬地笑笑,又问:“那天,你为什么要扯我的纽扣呢?”我眼皮不抬,说:“跟电影里学的。”男人递了张名片过来,说:“认识一下,我叫吴昊。”我拉上表妹,头也不回地走了。

后来,吴昊又几次出现在教堂附近。我心里蛮紧张的,问表妹:“他在跟踪我们?”表妹说:“管他呢。”

一来二去,我和吴昊就熟悉了。他总会出现在教堂附近,与我“巧遇”,然后主动找我搭讪。我发现吴昊并不坏,甚至还很不错,心里便不排斥他了。聊多了,知道他是个小老板,开了家贸易公司。对于打工妹来说,最想接近的,莫过于老板了。拒绝老板就是拒绝钞票。于是我变被动为主动,先给吴昊留了手机号,也接受他的约请了。

我知道吴昊有老婆孩子,但这不妨碍我和他的交往。女孩没有不爱玩的,我也是。吴昊出手阔气,带着我玩了无锡的许多地方,认识了不少朋友。吴昊和他的朋友们经常去我上班的酒店吃饭,支持我的工作,让我赚了不少提成。有一个月我拿了七千多,这是我提成最多的一次。

吴昊知道我现在很依赖他,对我更是嘘寒问暖。有一次在舞厅包厢里,吴昊看着我,眼睛都不眨一下。吴昊说,你知道你长得像谁吗? 像张曼玉。我笑笑。我对自己的外貌向来自信。吴昊伸过手来,搂住我,想强行亲我,被我用力推开了。我是喜欢他,但我不是个随便的女孩。我也知道吴昊对我好,是想得到我的身体。但是,我不想让自己成为男人的玩偶。之后又有几次,吴昊想占我便宜,都被我推开了。吴昊不开心,我就去哄他,给他打电话发信息,他就不恼了。如果我几天不理他,电话关机,信息不回,他就会很担心,跑酒店来看我。

后来,吴昊建议我跳槽。吴昊说:"你是做推销的好料子。你的容貌和语言,太有魅力了,谁能挡得住呢。"我听了吴昊的话,跳到了一家公司,专门推销双沟酒。吴昊说对了,我果然是个推销高手,一天营销没学过,但巧舌如簧,说服了许多客户。特别是那些男人,有时我什么都不用说,只要站在他们面前,注视着他们,他们就签单了。吴昊也帮我销酒,他的朋友多,做老板的也不少。我的业绩一路飙升,成了公司的营销高手。

那次吴昊帮我联系了常州的一个客户,要二十箱双沟珍宝坊。吴昊开车带着我,去了常州。晚上陪客人吃了饭,我不敢让吴昊连夜赶回来,他喝了酒。我们在常州住下了。开房时,吴昊说:"开一间吧。"我笑而未答。吴昊会错意了,进了房间洗漱完毕,就来黏我。我说:"各睡一张床。你要过分,我就再开一间。"吴昊悻悻地回到床上,翻来覆去睡不着。我也没睡着,想到自己和一个男人睡在一起,心里害怕得很。不一会儿,吴昊又过来,从后面抱我。我坐起来,冷着脸说:"给你可以,你能离婚娶我吗?"吴昊愣了一下,说:"这个……没想过,但不是没有可能。"我说:"我不要可能,我要肯定。你写个承诺给我,我就给你。"几句话冷了吴昊的心。吴昊愤愤地说:"你不想给我,为什么和我住一起呢?"我说:"开两个房间,不多花钱吗?"吴昊说:"男女同居一

室,什么故事也没有,只有你能做出这事来。你简直不是人!”我笑:“这才是男女之间的最高境界。”

又一次,去宜兴送酒。中午天热,我们在酒店用了餐,开房休息。我们已习惯睡在同一房间了。吴昊很想得到我,但他知道我不会答应。他像闻到腥味的猫,急得团团转,却每次都败兴而归。有时我故意逗他,看他急不可耐的样子,我心里乐开了花。但这次,当吴昊来黏我时,我的心突然软了。女人不能心软,心软了会吃亏。我突然改变了主意,说:“好吧,这是第一次,也是最后一次。”吴昊一怔,反而回到自己床上,蒙头大睡。

之后的一段时间里,我故意冷落吴昊。吴昊也没找我。他突然变消沉了,见到了我也不说话,平日的嬉笑怒骂都没了。我知道他在生气,在恨我。我的脸绷不住了,向他展露笑容。我约他去茶社,很认真地说:“我爱你,你离婚娶我吧。”“我不会娶你。”他摇摇头:“我配不上你。你找个比我适合你的人吧。”我说:“你不爱我了?可我很爱你,知道吗?”他痛苦地闭上眼睛,说:“这不现实,以后我们就少联系吧。”

吴昊从包里拿出了一条丝巾,是我喜欢的紫色。“以后不管我在哪里,你都要好好活着,想我的时候,就戴上丝巾吧。”紫色丝巾柔柔的,暖暖的,质地特好,上面镶了若干浅色的小星星。我说:“那,你要是想我了呢?”他说:“只要你举起手,向天空舞动丝巾,我就满足了。”

我以为这不过是他情绪低落时的胡言,却不想吴昊真的不肯见我了。几次约他,他都不肯来。来了也是匆匆地来匆匆地去。任我怎么哀求,怎么解释,他都百般推辞。后来,他竟换了号码,一下子从我的生活里消失了。我第一次尝到了失恋的苦楚。我痛苦得像掉进了深渊，四周是黑黑的峭壁，怎么挣扎，都无法爬出来。挣扎了半年，一点吴昊的消息都没有，我不得不离开这座令我伤心的城市，回了老家阜宁。

没想到一年后，吴昊给我来了电话，希望我去看他。这时我已结婚了，带着受伤的心，草草地嫁给了一个小公务员。我本不想去无锡，但吴昊的声音像受了伤的乌鸦，让我无法拒绝。

到了无锡，吴昊没来接我，说身体不好，在住院。我径直去了第一人民医院，见到了吴昊。我几乎认不出他来了。吴昊面容枯槁，瘦骨嶙峋，说话都吃力了。见我进来，他艰难地从床上坐起来，努力挤出笑容，说："没想到吧，我现在成这个样子了。"我吃惊地说："你怎么了？"吴昊没有回答我，说："知道我当初为什么不肯娶你吗？"我怔怔地看着他。他说："那时我刚查出病来，知道我的日子不多了，所以……对不起，当时伤你的心了。"我忽然心痛，想大哭一场。我用力眨几下眼睛，不让眼泪流出来。"一切都过去了，你好好养病吧，会好起来的。"我的安慰是苍白的，可是除了安慰，我还能说什么呢？

后来，吴昊的女儿在 QQ 上告诉我，吴昊走了。我来到射阳河畔，望着滚滚东逝的河水，任泪水倾泻而下。我解下紫色丝巾，在空中轻轻挥舞。吴昊，你看到丝巾了吗？以后每当我想你的时候，我都会在这里舞动丝巾，那是我对你的绵绵思念。吴昊，你能看到我舞动的丝巾吗？……

很想与你聊天

“你好，很想与你聊天。”垄看看手机上的短消息，是妨发来的。妨已不是第一次发这样的信息。

“我在新意西餐厅等你。”垄立即做了回复。

垄希望妨这次能真的给他一次机会，让他遂了自己渴望已久的心愿。最近垄有太多的话憋在心里，胃胀得难受，大有撑破肚皮之势，总想找个机会向妨倾述。可每当垄向妨提出来时，妨的答复皆不尽如人意。垄看得出，她是用各种理由来搪塞自己。

妨当然知道垄想说什么话，妨也不止一次地有那种想和垄一聊方休的冲动，但每次都硬是把这份欲望压在心底。她怕垄把那种感受说得太明显，令她尴尬和无措，可心里又渴望从垄那里听到些什么暗示。尽管垄说让我们把相处的格调把握在朋友和情人之间，但妨弄不清楚介于朋友和情人之间的是什么关系，再说又如何能把握得住？男女之间的感情可比电脑升级要来得快。所以妨的心情也总是在敢与不敢之间徘徊。

“嘟，嘟，”妨回复了。“很抱歉，老公在家，不便走开，下次吧。”

“唉！”垄叹息地摇摇头，又是下次，不知道有多少个下次还会重来？

垄和妨不是少男少女的年龄了，已各自走进围城之内，但感情的火花总是在有意无意中迸发，它不受任何界限的约束。不知什么时候起，垄和妨开始莫名地站在各自的围城内相互眺望。围城之间像是隔着一道不可逾越的国界，两个人谁也不敢越雷池一步。有时垄实在经受不住心灵的冲撞向妨伸出橄榄枝，妨显得很谨慎，只是无奈地笑笑，却不敢接招，所以两人之间总是保持着若明若暗的关系。

“很想与你聊天。”垄和妨曾不止一次向对方发出过这样的信号，但每次相约总是在渴望与抑制中错过。这种期盼让垄如坐针毡，度日如年。

终于，垄决定离开这座城市，放弃这份诱人的工作和他暗慕的女人。他要回到北方，回到他的妻子和女儿身边。但垄希望在他即将离开之际，妨能给他一次机会，哪怕只是一个小时或半个小时。这种愿望是那么的强烈，乃至于当他想到将要和妨独处的情景时，心便会怦怦直跳，那积蓄在心中的话仿佛已跳到喉咙眼。这神圣的一刻让他盼得太久了。垄想，妨没有理由再拒绝他。

归期迫近，垄已买好了第二天中午的机票。今晚是唯一的机会了，若错过今晚，心中的那些话就将葬身腹中，永无聆听之人了。于是垄给妨发出了短消息：“明天我就走了，很想最后一次与你聊天。”

“嘟，嘟，”妨回复了。“你在哪里？我现在就去。”妨回复得很快，令垄有些感动。

“我在新意西餐厅等你。”

垄进了西餐厅，选了一张临窗的桌子坐了下来。就要离开这座城市了，垄想再把这夜晚的美景好好地看一看。垄要了份咖啡，又给妨准备了一份冰牛奶。

二十分钟后，妨如约而至。妨身穿白色的对襟上衣和黑色短裙，简约而大方。看得出妨是精心地打扮了一番。

妨在西餐厅外驻足。透过黄色的落地纱窗,她看到垄正独自坐在餐桌边,不停地用勺子搅动着。昏黄的光晕在房间里静静地流淌,似一幅温馨的画面。餐厅里都是一对对情侣紧紧偎依在茶座里,喃喃而语,浅唱低吟,与餐厅的主体色调融为一体,那么柔和,那么般配。灯光下的情侣们情意迷离,面若春风,醉眼蒙眬。妨想,要是垄和自己是一对情侣该多好,坐在这样的餐厅里,她会把心中的话全部说出来,然后偎在垄并不宽厚却很温暖的怀抱里,享受着那美妙的一刻。

一阵清风吹过,把妨乱纷纷的思绪一下子吹散了。真是荒唐!妨为自己的意乱情迷感到羞愧,更感到吃惊。妨告诫自己,越是在最后的关头越应当把握住自己,千万不能功亏一篑。

妨收住了脚步,同时也失去了进屋的勇气。她怕自己面对垄将离开的现实无法控制自己的情绪,她怕泪水软化了自己也软化了垄,她更担心自己在温馨的餐厅里不小心跌入温柔的旋涡里。妨告诉自己,冷静一点,做好最后的抉择。

垄在一遍一遍地看着手表,一遍一遍地搅着咖啡,不时地用眼睛向窗外瞅瞅。妨看出垄的表情满是失落和无助,妨的心痛得似在滴血。

垄取出手机,不停地按键。

妨的手机"嘟嘟"地响了两声,是垄发来的短信息:"我在新意西餐厅等你,请回复。"

"很抱歉,女儿没人照应,实在走不开,明天我到车站送你。"妨回了信息,眼泪已流成两汪清泉。她深情地向垄回眸一眼,便悄悄地消失在夜幕中。

夜场

他和她相识了,时间不长,却一见如故,彼此都蠢蠢心动。她是个很特别的女人,有思想,有品位,有浪漫情调。他是个具有魅力的男人,有知识,有能力,有独到见解。更为可贵的是,他们有许多共同的爱好。比如她说她爱看书,他说他也爱看书;她说她喜欢时尚的东西,他说他也喜欢。她说她爱看大片,喜欢上影院,他说他也爱看大片,也喜欢逛影院。他趁机用玩笑的口吻说,啥时请你看大片,赏光吗?她笑了笑,伸出右手,OK!

这么难得的机会,他当然不会放过。他希望这场电影能拉近他和她的距离,让他和她有一次情感交集的机会。结了婚的男人,有这样的念头是正常的,没有就不正常了。他问她,看晚场的?她笑,随你。随我?他说,那,看夜场吧,通宵的。她问,为什么看夜场?这个嘛,他啊了两声,夜场有三部电影,看得过瘾嘛,夜场电影比较安静啦,而且,而且我们可以在一起时间长点,更多地了解对方嘛。他磕磕巴巴地说完了,说得她的脸上掠过了一丝红晕。她抿嘴一笑,好吧,就看夜场,过足这把瘾。他的心都要跳出来了,他努力地克制着,不让她察觉。他的思绪开始飘忽,一些场景被他虚构着:夜场,通宵,包间,电影,谈天说地,偶尔有肌体碰触,也许会拉手,或者偎依,甚至拥抱,亲吻也是可以虚构的。假如她困了,也许还会倒在他的怀里……啥时候请呀?她问。他正在穿越时空的遐思里,便像只受惊的鸟儿,扑棱着翅膀,跑没了。他思忖一下,说周末,就这个周末吧。她点点头。说定了,不准翻悔哟,一定要来!他伸出小指头,想和她拉勾。她没伸手,笑着说,一定来。

周末,时代广场世纪城影院。他提前到了半小时,坐电梯上了四楼。她还没到。他要了两杯果汁,坐在影院外的茶吧,边饮边等。已经有人进影院了,都是看夜场的。他看手机,十一点四十五了,她还没到。他不急,看茶吧里的电脑。电脑上有几个影片的片断,《画壁》《紫宅》《白蛇传奇》,都是今晚要上演的影片。过了一会儿再看手机,十二点了,她依然没有出现。他打她的电话,关机。再等等吧。女人嘛,都喜欢故作矜持,喜欢姗姗来迟,似乎只有这样,才能表明她们对男人的漫不经心,其实是自欺欺人罢了。影院里传来了华丽的音乐声,电影开始了。他并没表现出着急来,他来不是为了电影,是为了她,她比任何电影都更有诱惑力。如果她不来,再精彩的电影也会看得没滋没味。

但是,她还没来。他看表,十二点半了。电梯像睡着了,电梯口空荡荡的,没人进,也没人出。他问自己,她会忘了吗?他摇摇头,不会。那么,她被什么事缠住了吗?他点点头,是的。又过去一刻钟,她还是没有出现。他开始动摇了,但没有彻底放弃,仍抱着一线希望。等到一点吧,她要再不来,可能就不来了。他开始喝另一瓶饮料,不看电脑,就盯着电梯口,一口接一口地喝。电梯是道凝固了的风景,始终没有动感。

凌晨一点了,她仍没有出现。他彻底失望了。看来她不来了,他得独自进去看这个夜场,他想留下一点与她有关的回忆。他最后扫一眼电梯口,然后进了影院,一直将电影看完,直看到东方发白。

他一直没给她打电话,直到半月后再次相遇。那个晚上,你咋没来？他问。她说，我去了。他说，怎么可能？我提前半小时到了，一直在等你。她说，我是快开场时到的，我没发现你，就自己进去了。啊？他惊愕。她言之凿凿地说了三部电影的名字以及内容，都说对了。他惊愕的双眼大如鹅卵石。

她确实去了，不过是和老公去的。那个周末晚上，她本来是要赴他之约的。她化了淡妆，准备赴约时，恰好她老公回来了，还送了朵玫瑰给她。老公说，今天是什么日子？她一怔，马上想起来了，是他们结婚十周年的纪念日。她突然决定临时改辙，很幸福地偎在老公的怀里说，我们去看电影吧。老公说，太好了，我们有许多年没看电影了，就让我们再去回味恋爱季节的感觉吧。

进影院时，她看到了他。不过她把自己缩在了老公高大的身影里，于是她就从他的眼皮底下溜了。

庭前花开

一年前，我搬到了我们这个小区。小区有些年头了，不大，也不小。小区中间有一条街道，来来往往的，都是住在本小区的居民。路的两边，尽是些小店，百货店、干洗店、修理店，还有理发店。理发店不大，十几个平方米。理发的是个三十来岁的男人，看上去是个老实人，长得还不错，却寡言少语，只会默默地干活。小区里的顾客本来就少，又是男人开店，生意便可想而知了。我注意过，去那理发的，都是五十开外的男人，不讲究发型，也不顾及形象，就像给庄稼地锄草似的，锄了就行。我也是这个年龄段

的,也常去理发。当然,偶尔也有年轻人光临。

早起去上班时,理发店还没开门。男人一般早上九点准时开门,太早了没顾客。等到中午下班回来,理发店的门前,必定放了盆茉莉花。白色的花朵立在青翠的枝头,被青枝绿叶衬托得纤弱如云,娇柔如绸。微风掠过,洁白如雪的花朵轻轻摇曳,似在倾诉,又似在迎宾。上午的生意一般较冷清,男人清闲了,就去侍弄那盆茉莉,剪枝、培土、浇水、掸灰。做完了这一切后,男人就坐在凳上,与花儿对视。这一刻,男人木雕似的坐着,心思飞远了,表情木然,眼神也木然,似乎在想什么,又似乎什么都没想。

日子总是过得很快,时间在茉莉花丛中悄悄地溜走。男人一直在我们小区里开店,开了五六年,似乎也没有离开的意思。听口音,男人不是我们这儿的,据说家在很远很远的地方。男人说,他的家乡山清水秀,风景如画,尤其是茉莉花,四季盛开,香溢山野。我说,那一定是个很美的地方。男人点点头,在我的老家,茉莉花随处可见,不用刻意去寻觅。我下意识地去看那盆茉莉。在这个略显冷清的理发店里,茉莉是如此的柔弱,弥漫着美好的气息,给人一份淡定,送人一份清香。我说你如此细心地照料它,就是为了寄托乡思?男人没回答,只是握着电推剪,推我的头发,不时对着镜子,看剪得如何。头发唰唰而下,落在围裙上,以及男人的手上。男人的手黑黑的,有些粗,不像发廊小姐的手,细细嫩嫩的,像是干农活的。男人笑了笑说,我以前不是干这个的,后来才跟我老婆学的。我说你老婆呢?男人说,她不在这里。继续洗头,吹风,修面,一切完毕,我付了钱。走出店外,我认真端详茉莉,忍不住俯下身子,嗅嗅它的清香。嗯,真香!

一月后,我又去理发,碰到了楼下的邻居叶爷。叶爷快七十了,看上去和那个男人很熟,见面就打招呼。叶爷看着茉莉说,这花儿,让你伺候得真漂亮。男人说,不忙的时候,弄弄花儿,打发时光吧。叶爷见我在理发,打着趣说,你咋不去小宇发艺理呀?年轻人都去那儿,时尚新潮啊。我说我这个岁数,不赶那时髦了,什么型不型的,剪了就行。叶爷笑,又对男人说,你这手艺,只能摸摸我们老人的头了。

叶爷不是来理发的,他的头发像草坪似的平整。叶爷在沙发上坐下,说些道听途说的事儿,卡扎菲跑没了,阿富汗前总统被炸死了……我的头发理好了,天也快黑了。叶爷和我一起出了店,边走边聊。这小伙子,痴啊!叶爷摇着头。我说谁呀?叶爷说还有谁?理发的小伙呗。我说咋啦?叶爷说,女人都跑了七年了,他还在等。我一惊,女人咋跑了?叶爷停了脚,说这理发店本来是他女人开的,可生意不好,小区里的生意能好吗?女人长得好,又白净又漂亮,身材也好,后来女人认识了个大款,不知怎么好上了,就撇下自己男人,跑了。女人跑了后,男人自己撑起了门面。他以前不会理发,硬是逼出来的。叶爷一声叹息,说看到那盆茉莉了吧?我嗯了一声。叶爷说,他天天伺弄茉莉,是希望有一天,女人会来这里,看见这盆花,或在某个地方,闻到花的香味,能回心转意,回来他的身边。他相信他女人还在这个城市里。我说,他咋不去找女人呢?叶爷说,他说找回她的人,找不回她的心,还是等她自己回来吧。你说傻不傻?叶爷说他劝过男人,别再侍弄茉莉了,再找个女人吧,可男人听不进。

季节在无声地替换,岁月在不经意间流逝。每天经过理发店,我已习惯了茉莉的景致,看花儿静静地开,闻花香清清地来。然而有一天中午,路过理发店时,我忽然感到不习惯了。仔细一瞅,理发店关着门,茉莉花儿不见了。当然,这与我无关,理发店到处都有,可就是觉得不习惯了,如同房间里贴了很久的画,早被忽略得视而不见了,可真的取了画,心里又失落得不行。

一连几天,理发店都关着门。

那天,又碰上了叶爷,问起来,叶爷说,他回老家了。我惊愕,他不等女人了?叶爷说,女人回来了,他们一起回去了。我更加惊愕。叶爷又说,女人老了点,估计是被大款甩了。我说,肯定是了。叶爷说可小伙不这么认为,他说是茉莉的花香,召回了女人。他说他们要回到茉莉盛开的地方,过着淡定和清静的生活。

后来,那个理发店没了,改成了茉莉花店。花店的老板,就是我。

当坚强遭遇了世俗

一

说起来,我们的爱情故事别有趣味。当别人的爱情化为泡影的时候,我们的爱情却在悄然滋生了。这是我们没有料到的。记得是三年前,我们都在泰州打工。那时我和你并不相识,我是亭亭的朋友,你是乐罡的朋友。亭亭和乐罡是同学,在举目无亲的泰州,亭亭和乐罡谈起了恋爱,我们也就此相识了。亭亭和乐罡爱得那么狂热浪漫,那么魂牵梦萦,我们都为他们深深地感动。我们俩傻傻地陪他们逛街、打牌、看电影、打游戏。谁知没到半年,他们因为一点小事,爱情搁浅了,任我们怎么规劝,也无法挽回。为这事我俩没少动脑筋,反复商量,想帮他们追回失去的爱。

那时每天晚上我们都要通电话，分析亭亭和乐罡的个性，寻找他们分手的原因。那时，每天晚上通话成了我们共同的期待。一通就是半小时，话费花了不少，但最终没能挽回他们的感情。

没能撮合亭亭和乐罡，却把我们自己撮合到了一起。在许多次的通话中，我们了解了对方。在许多问题上，我们的看法是那么的一致。后来，亭亭和乐罡结束了，我们的通话却一直延续了下来。我们变得惺惺相惜，谁也离不开谁了。这是爱情吗？太措手不及了。但爱情来了，我们都没有回避。直面爱情，我们为之倾倒，我们的心越靠越近。有了亭亭和乐罡的前车之鉴，我们更懂得如何把握这份迟来的爱。我们有许多共同的话题，而且我们脾性相投，爱好相似。不知不觉中，我们的手牵到了一起。老街、凤城河畔、湿地公园、华侨城留下了我们的足迹。枯燥的生活有了风和日丽，美丽的泰州孕育了甜美爱情。瓜熟蒂落时，我们一起离开了泰州，回到了老家赣榆，举办了隆重的婚礼。父母和亲友们看我们恩恩爱爱，甜甜蜜蜜，纷纷向我们表示祝贺。

蜜月是我最难忘的时光。我们一对新人，带着亲人们的良好祝愿，去焦作云台山游玩。我们爬上了茱萸峰顶，头顶碧波蓝天，脚踏千里浮云，山峦飘浮，犹入仙境。你说这儿离天最近，我们发誓："生命有多久，爱就有多久！"泛舟峰林峡谷，清水依依，绿树摇曳，歌声笑声回荡在湖面上。我说："让这片洁净的山水见证我们的爱情吧。"我们相拥相吻，任小舟随波逐流。从焦作回来，我们都晒黑了，也爱得更深了。

二

我怎么也不会想到，蜜月之后的第三天，厄运就来了。那天你和几个朋友在青口镇四季田园喝酒，晚上回来时在街上和人发生口角。你们几个一拥而上，把对方打成了重伤，被派出所当场带走。我知道你不是冲动的人，也不会惹是生非，可在那样的情况下，你能说得清吗？你当然不会将所有责任推给朋友，因此你不可避免地卷入了群殴事件中。双方父母得知此事，一起设法救你，能用上的关系都用了。我把我们在外打工的积蓄都拿了出来，可是最终你还是被判了三年有期徒刑。

这个判决，差点没让我晕倒。我们刚度过蜜月呀，我如何受得了？我在床上躺了三天，守着孤独空寂的新房，我的泪倾泻而下，夜夜盼着你回来。你回不来了，你被送到了徐州，进了监狱！我不敢相信这是真的，但这是个无情的事实，不容我回避。

此后，每月一次的探监，成了我们的鹊桥相会。每到这一天，我都把自己打扮得很漂亮，带上你喜欢吃的东西，开开心心地去看你。探监的时间只有半个多小时，一眨眼就过去了。在狱警的监视下，许多思念的话儿我们无法表白，更不可能有亲昵的举动。我们只有用眼神传递着爱恋，表达着相思。每次你总是对我说："你要坚强，一定要坚强，不管遇到多大的困难，都要挺住。等我出去了，一定好好回报你，再不让你担惊受怕。"我忍着心酸，不让眼泪流下来，竭力用轻松的话安慰你："不用担心我，你好好服刑，接受教育，争取得到宽大处理，早点回家。"探监结束，我在转头的刹那间，泪雨纷飞，找个无人的地方，痛痛快快地大哭一场。回到家里，我还得强颜欢笑，不让家人看出我的悲伤。

每次探监，我都有好多话儿想对你说，可是我不能说，有些话儿我也不敢说。

除了探监，我们联络情感就是靠书信。如此发达的信息时代，我们却不得不采用这种过了时的方式传递情感。我们约定，每周一封信，雷打不动。每当收到你的来信，看到滚烫的文字，我都感到幸福无比，却又心痛不已。一遍遍地看信，一次次地流泪，然后再含着热泪给你写信，叙爱情，报平安。这样的情感交流如今有几人能体会到?

你出事之后，别人看我的眼光就不同了。也许是我太敏感了，以前在你们村里，我们曾是别人羡慕的一对，现在他们再看我，明显有了歧视。我还听到了一些闲言碎语，只能装作充耳不闻。后来，我回娘家住了。可在娘家待了两月，村里人就知道你的事了。父亲唉声叹气，脾气越来越不好。母亲看着我，话儿在舌尖上滚动，却没说出来。

过去的闺密都来劝我："你真要等他三年啊? 太不值了。再找个嘛。"甚至连亭亭也这么劝我。亭亭嫁了个小老板，在新浦华联手机城开店，过得很幸福。我不羡慕亭亭，我理解她们的想法，可我怎么舍得丢下你呢? 一夜夫妻百日恩呀，现在是你最需要我的时候，我怎能落井下石?

我的日子越来越惨淡了。没有工作，积蓄早花光了，我连化妆品都买不起。我还要省下钱来给你，不让你在那里受苦。我很少向你父母要钱，他们也不容易。我也不向我父母伸手，我带给他们的伤害够多的了。我推掉同学朋友的约见，少逛街，不赴宴，让自己与外界隔绝。

半年后，母亲滚在舌尖上的话终于说了出来："妈怕你这样太苦了，不行就离了吧。"我摇摇头："我不怕苦，苦尽甘来。"母亲不拐弯抹角了，说了实话："你的事，让你爸和我在村里抬不起头来。看人家抱了外孙，女儿女婿欢天喜地回来，妈这心里特难受。"我说："再熬两年，他就出来了。"母亲说："出来了又能咋的? 这是一生的污点，出来了找工作也难。哪个老板肯用一个劳改犯呢?"我为你辩护："他是打架，不是偷窃扒拿，不丢人!"恰巧父亲听见了，冷冷地丢了一句："你不丢人，我们丢人！"

接下来，父母动用了亲友团，轮番劝我离婚。奶奶甚至流着老泪劝我。开始，我还解释我们的感情，后来我累了，不想再说了，就听他们说。我像个犯人，接受亲友们的审讯。那些个日子，我都要崩溃了。我在信中从不和你提这些事，探监时也不会告诉你。我默默地承受着。等我实在承受不了时，我决定出去打工，挣钱养活自己。

三

我在新浦一家饭店找了份工作，认识了不少新同事。同事间相处融洽，他们也很关心我，有空了，会一起去爬花果山。这时我会想起云台山，想起你，想起幸福而短暂的蜜月。我从不和同事说私事，怕别人的目光让我受不了。同事们以为我未婚，接二连三地给我介绍对象。不得已，我说我有老公了。她们惊讶，说你老公咋不来看你？你知道，我不会撒谎。有一次被她们问急了，我说了实话。不想她们也劝我离婚。后来店里有个离异的男人开始追我，天天守在我下班的路上。我告诉他我不会离婚，我也不会做对不起老公的事情。他仍是不放过我，向我表达爱意。最后我不得不辞了这份工作。

现在我在墟沟找了份营业员的工作，我不知道我的前进的路上，还会有怎样的坎坷。你的信一封接一封，看得我泪流成河。在信里，你告诉我要坚强，可你没告诉我要怎么坚强……反复读着你的信，我是那么的无助，像一片飘零的秋叶，在大地上忽东忽西地回旋着。

茶　楼

看完了电影，两人沿着兴城中路缓缓前行。

风，徐徐的。

夜，柔柔的。

时间尚早。找个茶社坐坐？他的话带有试探性。她没吱声。似乎没听见，抑或听见了。没吱声，便是默认了。他这么认为。

常春藤茶社，灯火阑珊。他停在常春藤门前，她也停。他进去，她跟着进去。他上二楼，她也跟着他上二楼。他要了个包间，说便于聊天。她没有反对，只不过是喝茶聊天。

两人没有相向而坐，对面没有座。他没奇怪，她也没奇怪。或者都奇怪了，但都放在心里不说。两人只能坐在一排沙发上。他显得拘谨，她显得矜持，两人保持了十来厘米的距离。

昏暗的灯光，静谧的房间。

一壶绿茶。一盘瓜子。看这架势，要长谈呢。

《白蛇传奇》好看吗？他问。她说，好看。黄圣依真漂亮，演得也好。他接过话，特别是最后一幕，白蛇被压在雷峰塔下时的生离死别，那场面、那音乐、那情节，很感人，我都落泪了。我也是。她笑笑，有点不好意思。

两人都缄默了。没有话题，时间静止，听得见呼吸的忐忑。两人的心里有鼓在击，有小鹿在撞。

房间有点热。

他还是不说话。他是故意的。不是没有话,他是要在他和她之间,留些遐思的空白。这个空白,留给她或留给自己去涂抹。抹什么都行,随心所欲。本分也好,非分也罢。

他在控制着节奏。呼吸的节奏,心跳的节奏。他知道她会如何填补这段空白。

差不多了,是时候了。

他在无意中将十来厘米的距离,一点点拉近,拉到了两三厘米。他说,许仙和白蛇是百年修得同船渡,我们现在坐在了一起,你说修了多少年呢?他悄悄又将两三厘米缩至零距离。她微抬头,反问他,你说呢?他说,修了一辈子。他看着她,轻轻地说,是上辈子修的。他伸出一只手,放在她后背的沙发靠背上。他很想揽她的肩。他还是忍住了。太贸然了,他怕会引起她的不快。

她沉吟了一会儿,侧过头说,这么说,我们能坐在这儿,并非偶然,是上辈子修来的必然?

当然。他点点头,我们从网上相遇的那天起,直到今天相见,以及之后所有的一切,都是上辈子修来的。他顺势抓了她放在胸前的手,她缩了缩,未能挣脱。她微带羞涩,却情不自禁地将身子靠近了他。他立即揽住了她的肩。

他说话的同时,胸前的那只手已压在了她的胸脯上。她颤抖了一下,但没有拿开他的手。他的手像条欢愉的鱼儿,一下游进了她暖暖的胸罩里。

她不再矜持,闭上幸福的眼睛,微微地仰起脸来。他俯下头,吻她温热的唇。他紧紧地抱着她,鱼儿在她的身上游来游去。她像是喝醉了酒,脸色酡红,身体也发软,坐都坐不住了,情不自禁地倒在了沙发上。他像得到了暗示,伏在她的身上,雨点般地吻她。包间里燃烧起了激情,风起云涌,浪潮一般袭向每个角落。

天花板上，一只蜘蛛从空中吊了下来。

一壶绿茶，一直在静静地等待他们的品尝。

一盘瓜子，一直在默默地奉献洁白的身体。

房间里充满了欲望，它们完全成了摆设。直到凌晨两点，他和她才从欲望沟壑中探出了头。

风消云散后，他和她疲惫地消失在大街上。

后来她发现，他的手机再也无法接通，他也从她的 QQ 里消失了。

蓝　河

前些日子，我查出了高血压，医生叮嘱我要经常散步，对降压有好处。我谨记医嘱，每天都散步。

在我们这个小县城，有个绝好的散步之处，那就是蓝河。蓝河这名字听上去很美，也确实很美，她是我们的母亲河，河面很宽，水波粼粼，灯火洒下来，满河的金子在雀跃。这是政府新改造的。蓝河的过去并不是这样。过去的蓝河草深水臭，虫飞蛙叫，茅草纸屑在河面上恣意漂泊。而且那时，河上没有桥，南北两岸靠摆渡通行。直到四年前，县政府勾勒了一个伟大的蓝图，要整治好蓝河，让县城变得更美。于是，足足用了两年时间，动用了若干人力、物力、财力，让蓝河旧貌换新颜。

现在，蓝河的夜景特别地优美。岸边是长长的蓝色灯带，幽蓝幽蓝的，很魔幻，像幽灵在沿着蓝河游走。蓝河南岸竖起一个巨大的显示屏,展播各种精彩纷呈的广告片。蓝河北岸尽是酒家和娱乐场所,灯火通明。到了白天,蓝河依然是城市最亮丽的风景,阳光照在蓝河上,水光潋滟,垂柳依依。蓝河两岸铺上了鲜花草坪,曲径通幽,空气新鲜,风光宜人。

我每天在蓝河两岸散步,先从北岸往东走,然后上东桥,再从南岸往西走,再上西桥,最后回到原点。这一大圈走下来,约要一个半小时。如非特殊情况,我坚持天天散步,风雨无阻。

三个月后,我量了量血压,正常。在蓝河散步,效果果然好。

我一般是在下午下了班后,沿着河畔悠悠散步。这个时候,行人不多,上班族正是做饭用餐的时间。我慢慢悠悠地边散步边看景,走过北岸,上东桥;再走过南岸,上西桥。看着宽阔的水面,心情特别地放松。闻着两岸的菜香,好似正在品尝着美食佳酿。

这一次,在西桥上,我碰到了一个小伙子,黑瘦黑瘦的,头发有点凌乱,衣服也有些脏,脸上还有道疤。小伙子朝我友好地笑笑,我也回报以淡淡一笑。我不认识小伙子。我继续前行。下桥时,我回头望了一下,小伙子走了。

后来,我再散步到西桥时,巧得很,又遇上了小伙子。我们还是相视一笑,然后各走各的路。

再后来,我又遇到了小伙子。这次小伙子笑一笑,然后说,这是孙县长抓的工程。蓝河修好后,他就调走了。

我说,你还惦记着老县长呀?孙县长确实是做了一件大好事。

小伙子摇摇头说,我不认识孙县长。不过我们在修桥时,孙县长来视察过,每次都鼓励我们,要抓质量抓进度,政府不会亏待我们的。

我"哦"了一声说,孙县长说得没错,你们为蓝河立下了汗马功劳，政府当然不会亏待你们。

嘿嘿。小伙子憨厚地笑，说，我看你像个当大官的。

我点点头，我是税务局的。

小伙子眼睛亮了，说，您是局长吧？像，一看就像个局长。

我不置可否地笑笑。

小伙子支吾了半天，忽然说，局长，能不能帮我个忙？

我愣了一下，没想到小伙子提出这个要求来。莫非他天天在西桥候我，是有所图？我没有马上拒绝，先听听，看自己能不能帮。

我想，我想，要工钱。小伙子吞吞吐吐地，大概不太好意思开这个口。

我说，我帮你找谁要工钱？

小伙子说，我也不知道。

我说，工头呢？你找他要啊。

小伙子说，找了。工头说建筑公司没给他钱。

我说，那找建筑公司呀。

小伙子说，找建筑公司了，建筑公司说政府没给钱，找孙县长要去。

我说，你找孙县长了吗？

小伙子说，找了，可政府大院的门卫不让进，说这是孙县长抓的工程，又不是孙县长欠你的钱。跑了好几趟，后来忽然听说，孙县长调走了，我不知道孙县长调哪去了。

我说，孙县长调哪去了也不会给你钱呀。你还得找工头要啊。

小伙子说，工头找不到了。

我一愣，说这样吧，这事不归我管，我帮你打听打听。对了小

伙子,你叫什么?

王敏。小伙子说。

王敏的事,我一直放在心上。三天后,我给财政局的朋友打电话。朋友说,蓝河工程那么大,县财政也没钱啊。我说再没钱,农民工的钱得付吧?应该找哪个部门呢?朋友说,你找水利局吧。

水利局的副局长是我同学。我打电话问了,同学说,县财政没给我们钱呀,我们水利局也没有钱,只好让建筑公司先垫资,后来付了部分款项,明确要求他们确保民工工资的呀。要不我帮你问问建筑公司吧。

两天后同学来电话,说建筑公司老板说,他们确实欠工头的钱,不过也付了一部分款项给工头了,要他们确保民工工资的。我问,那工头呢?同学说,工头联系不上了。工头都这样,打一枪换一个地方,哪儿有活去哪儿干,早离开了。

线索就这么断了。我挂了电话,重重地坐在椅子上。这么说,王敏的工钱是讨不回来了。这咋办呢,我该如何回复王敏呢?我一时想不出办法来,也不好再去蓝河散步了,怕遇上王敏,不太好交代了。

好在血压这段时间稳定了,我暂时便不散步了。下了班就回家,看看电视,上上网。大约三个月后,县电视台播了则消息,有个人从蓝河上跳了下去,死者的名字叫王敏。我仔细看了电视上的照片,正是我认识的那个王敏。播音员说,死者自杀的原因尚不清楚,希望知情人与警察联系。但无论遇到了多么困难的事,我们都应当珍惜生命,珍惜来之不易的美好生活。

我的脸色突变,一屁股坐在沙发上。我的头很晕,血压在飙升。

蓝河依然安详，依然亮丽，装扮着人们美好的生活。但此后，我再没去蓝河散步，更不肯经过西桥了。

真　相

奶奶住院后，张敏发现，爸爸、妈妈、姑姑都显得神秘了，有话就回到家里说。到了家里，言词也闪闪烁烁，还要瞅瞅张敏，背着她说话。大人们越是这样，张敏越是好奇。好奇的张敏总在大人不注意的时候，悄悄偷听大人的话。爸爸对妈妈说，这段时间你辛苦点，给妈弄点好吃的。又对姑姑说，姐你请假吧，待在病房里好好陪妈妈，无论如何不能让妈察觉出什么来。爸爸忽然瞥见了张敏，立即噤了口，然后若无其事地出了门。妈妈说，敏，以后大人说话，小孩子不要旁听。张敏不说话，点点头。

又有一次，晚上，张敏起来解手，见爸妈的房门关得严严的，灯光从门缝里透出来。张敏将耳朵贴在门上，听妈妈在说话。妈妈说，妈这病，怕是活不了多久了。爸爸叹了口气说，妈是肺癌晚期，最多能活几个月。爸爸又说，在妈妈面前，一定要装得开心点，千万不能让妈妈知道她得了肺癌！张敏蹑手蹑脚地回到自己房间，想奶奶到底得了什么病呢，咋就只能活几个月了？

第二天上学，张敏问同学杨燕，肺癌是啥病啊？会死吗？杨燕也不懂，说你问这个干吗？张敏说，我奶奶得了肺癌。哦，对了，你妈妈不是医生吗？问问她嘛。杨燕回去问了，告诉张敏，肺癌就是癌症，如果是晚期，活不了多久。啊？张敏头都炸了，眼泪哗哗地流下来，杨燕劝都劝不住。

张敏是跟着奶奶长大的，爸爸妈妈要上班，没时间照顾张敏。奶奶给张敏买许多好吃的好玩的，每天上学下学，也是奶奶按时按点地接送她。要是奶奶没了，自己咋办呢？张敏越想越伤心，趴在桌上整整哭了一堂课。

回到家，张敏对妈妈说，我要去看奶奶。妈妈说，你好好学习，奶奶好着呢。张敏急了，哭着说，我想奶奶，我要去看奶奶。爸爸走过来，说，去吧去吧，但不要掉眼泪。张敏“嗯”了一声，擦干了眼泪。

病房里，奶奶明显瘦了，头发也掉了许多。奶奶看到张敏，有些激动，眼里放出异样的光，拉住张敏的小手，说，奶奶想你，想孙女啊。奶奶的声音很沙哑，很低。张敏拼命眨巴眼睛，不让眼泪流出来。妈妈拉过张敏说，好啦好啦，过些日子奶奶病好了就回家啦，到时还要接送敏呢。姑姑也说，再过些日子，奶奶的病就好了。爸爸说，好了，看奶奶一眼，就快回家做作业吧，让奶奶好好休息。张敏望着形容枯槁的奶奶，恋恋不舍地离开了医院。

下课时，张敏对杨燕说，为什么爸爸他们不把奶奶的病情告诉奶奶呢？杨燕想了想说，听妈妈说，病人得了癌症，大家都会瞒着他的。为什么呢？张敏想不通，杨燕也说不清。张敏忽然又哭了，说，奶奶好可怜，大家都在骗她，她连自己得了什么病都不知道。杨燕也说，是啊，为什么都瞒着奶奶呢？奶奶有权知道自己的病啊。我每次感冒了咳嗽了头疼了，去医院看病，医生都会告诉我得了什么病呢。这对奶奶太不公平了。两个人怎么也想不通，大人们为什么要骗人呢？两个人越想越觉得，不能让奶奶蒙在鼓里！

张敏带着杨燕，去了奶奶的病房，正好爸爸、妈妈、姑姑都不在，只有奶奶一人。张敏轻轻地喊了两声，奶奶！奶奶！奶奶睁开眼，见是张敏，眼里又放出了光，伸过手来拉张敏。张敏说，奶奶，你好点了吗？奶奶点点头。张敏见奶奶好点了，便将奶奶的病告诉了奶奶。奶奶合上眼睛，一行浊泪从奶奶的皱纹里爬了出来。张敏说，奶奶，我是偷偷来告诉你的，你不要告诉爸爸哟。奶奶睁开眼，缓缓地露出笑容，说，傻孩子，奶奶怎么会是癌症呢？你爸爸、妈妈、姑姑都告诉我了，我是肺病，过些日子就能回家了。杨燕说奶奶，他们都是骗你的，你真的是肺癌呢。张敏也急，说是爸爸亲口说的，被我偷听到了。奶奶还是笑，说，傻孩子，你一定听错了，你爸爸亲自将医生的化验报告拿来念给我听的呢。

无论张敏和杨燕如何解释，奶奶就是不信。两人无奈，带着遗憾离开了医院。

奶奶的身体每况愈下，一天不如一天了。又过了些日子，奶奶开始接连吐血，爸爸担心奶奶的日子不多了，带着张敏去了医院。奶奶骨瘦如柴，眼睛凹了进去，颧骨凸了出来。奶奶见到张敏，眼睛已经无光了，只是喃喃地张着口，想对张敏说什么。爸爸赶紧拉过张敏，将耳朵伏在奶奶的嘴边。奶奶说，小敏，奶奶知道你说的是真话。奶奶的话含糊不清，但张敏听懂了。张敏说，奶奶，你不是不信吗？奶奶说，奶奶是怕你为奶奶担心，其实奶奶心里有数，只是没说出来。奶奶的日子不多了，离开了奶奶，你一定要好好学习，将来要考上大学，奶奶走得就放心了。张敏含着泪，使劲地点头。

几天后，奶奶果真走了。渐渐走出悲伤之后，张敏不时暗自发问，自己到底是不是为奶奶做了件好事呢？但是，没有人告诉她答案。

第三辑

路上的风景

老板与狗

孙华是个好人:善良、随和、真诚。朋友、同事,包括过去的老总,都这么说。

孙华是个司机,不会别的,只会开车。大货、大客、小轿,孙华都开过,而且一开就是三十年。孙华抓住方向盘,就像诗人喝了酒,情人牵了手,兴味盎然,全身都带劲儿。他开的车子像只欢快的鸟儿,飞越在田野林间。孙华在医药公司上班。医药公司上至老总,下至看大门的,都坐过孙华的车,都说孙师傅车子开得好,开得稳,感觉不像坐车上,倒像坐在船上,那么怡然自得,那么悄然无声。即便遇上紧急状况,孙华也能把车子开得若一叶风筝,滑翔在天空中,雁过无声,风过无痕。

医药公司是国有的。国有单位都不景气,人浮于事,各怀心计,直至把医药公司弄得上气不接下气。

只剩最后一口气了,老总才不得不提出了改制。再不改,百来号职工就要断粮了。改制改什么,就是改老总为老板。公司财产连同百来号职工,一起卖给了江苏老板。孙华也被江苏老板买了。老总离开医药公司时,特地请同事在天然居聚餐。自然,孙华也要去。老总屡屡给孙华敬酒,回忆风雨同车的往事,不禁怆然落泪。作为司机,没有谁比你更优秀了。老总这么评价孙华。

老板会开车,但老板不开车。老板的车是劳斯莱斯,五六百万呢。老板要在公司里选最好的司机。没有悬念,孙华当之无愧地做了老板的司机。孙华做了三十年的司机,还是第一次开这么名贵的车,很是忐忑。坐上劳斯莱斯,孙华像坐在金銮殿上,战战兢兢。老板又是不苟言笑的人,坐在后面一言不发,孙华越发地紧张。孙华发现老板和老总不一样。老总坐车时,坐在副驾驶,和孙华一路交谈,偶尔还讲点笑话,活跃一下沉闷的气氛。老板不然。老板坐在后排,要么打电话,要么看风景,或打个瞌睡,抽支烟。

除发号指令外,老板不和孙华多说一句话。

老板还有许多特别的规定。老总没有。老板说,你是司机,只管开车,一句话都不要多说。孙华说,我总该知道去哪里吧?老板说,你不需要知道任何事。该你知道的,我会让你知道。老板说,你要擦车,天天擦,像疼爱自己的孩子一样。孙华说,这么好的车,最好去洗车场,才洗得干净。老板说,洗车要钱,十块钱也要节约。老板还规定孙华不能穿西装。因为老板个矮,比孙华矮了个头。有次孙华穿西装,客户就把孙华当成老板,把老板当司机了。

高速上开车,孙华反感别人指手画脚。老板偏偏喜欢。有时车子快了,老板便敲孙华的座椅,慢点,再慢点,你赶着去投胎呢。孙华解释,一百三,不快啊。孙华确实没觉得快。劳斯莱斯犹若行云流水,在高速路上鱼贯而行。田野像一幅幅美丽的画面,匀速地流过眼帘。老板不高兴了,我说快就快,你不要强词夺理,慢!孙华点了点刹车,车速降到了一百二。及至下次上高速,孙华记住了老板的规定,车速定格一百二。老板又敲孙华的座椅,快点,再快点。孙华说,一百二,不慢啊。老板不悦,我说快就快,提速!

孙华点了点油门,车速提到一百三。老板说,再提。孙华提到了一百四。

老板说，以后记住了，你是给我开车，不是我搭你的车，我说什么就是什么，而不是你做什么就是什么。车速的快慢，不是由你决定，而是由我的时间决定的。我赶时间呢，速度要快。我没急事呢，速度要慢。

老板还和孙华约法三章：老板的安全至高无上，老板的利益至高无上，老板的命令至高无上。孙华开了三十年的车，头一次被这么约束，像吞了苍蝇一样难受。这些浅显道理，做司机的都懂，谁的安全和利益不是至高无上的呢？老板不以为然，说，老孙啊，你很会开车，但你很不会做人哦。有些道理你是不懂的。老板和普通人不一样，普通人出了车祸，赔点钱就知足了。老板多少钱都不在乎，在乎的是生命。只要活着，多少钱老板都能赚来。所以无论什么情况，你第一时间要考虑的，是安全。

一向开车得心应手的孙华，现在不再应付自如了，时刻要听从老板指挥。劳斯莱斯像是虎穴，每次上车，孙华都提着胆子，等着老板发落。孙华是个好人，更是个实在人。老板发落了，孙华心里沉甸甸的。

孙华很想做好，让老板满意。可越想做好，就越做不好。有车挡道，孙华不敢超车。老板急了，骂他。有时超了，老板吓了一身汗，责问他，这么近的间距，你也敢超？有次在高速上，孙华正开车，老板忽然说开过了，该下高速了。孙华说还没到呢。老板火了，就从这儿下！结果，下错了高速，绕了一大圈。老板说，方向盘在你手里，从哪儿下，你要有主见嘛。

开车不果断，做事没主见，老板对孙华越来越不满意了。

春天里，老板要去北京，和一家大医院谈一笔大生意。谈成了，医药公司效益翻几番。老板对孙华说，这次事关重要，你开车

要快,要稳,要安全。孙华不敢怠慢,让劳斯莱斯稳健飞驰。

到河北境内时,意想不到的事发生了。当时,劳斯莱斯正匀速且快捷地行驶在高速上,像飞机凌空展翅,四平八稳。突然,前方的右侧,窜出一条黑狗来。黑狗高大,健硕,正飞快地跑着,欲横穿高速。黑狗以为它的速度能迅速穿过马路,但与劳斯莱斯相比,它的速度不过是劳斯莱斯的百分之一。劳斯莱斯像一粒子弹,射向黑狗。孙华看见黑狗了,本能地点了点刹车。老板感觉到了,命令孙华:冲过去!冲过去,黑狗必定要毙命。孙华犹豫着,一只脚在刹车和油门上徘徊。老板再命令:撞死它!劳斯莱斯一点点射向黑狗。孙华看清了这是一条很高很壮的狗,毛色发亮,四肢轻盈,像一匹黑马,在疾步飞奔,在争夺生存的权利。黑狗感觉到了来者不善,步子飞快,但仍不敌劳斯莱斯。眨眼之间,劳斯莱斯已逼近黑狗几十米之遥。老板说,不要犹豫,不要降速!孙华不再犹豫,一点刹车,削弱了劳斯莱斯咄咄逼人的杀气。但还是晚了,孙华听到了啊的一声狗叫。孙华停车,下去看黑狗。黑狗卧倒在漆黑的高速路上,在春风中苟延残喘。孙华跑过去,黑狗警惕地看着他,有气无力地汪汪地叫了两声。孙华有些愧疚,摸摸黑狗的毛,缓解黑狗的恐惧。再检查黑狗的伤处,好几处撞伤了,腿也瘸了,不过伤势不算太严重。孙华抱起黑狗,黑狗轻轻地哼了一声。孙华想带上黑狗,找个卫生所包扎一下。待孙华回过头来,才发现劳斯莱斯已没了影子。

天　路

朱晋辰迈着大步，从东跨到西，再从西跨到东，然后站在那里，掰着指头，嘴里在嘀咕什么。征锟停下手里的活，看着朱晋辰笑，说，老朱啊，你在干吗？朱晋辰没回话，仍在掰指头。征锟乐了，死老朱，又操哪门子心呢，跟个总工程师似的。

朱晋辰掰完了指头，才背着双手走过来，惊奇地说，妈呀，这路好宽呀，我叉了叉步子，有三十好几米呢。征锟嬉皮笑脸地揶揄他，朱总，你这是在设计高速公路呢？去去去！朱晋辰噘了噘嘴，继续感慨，乖乖，这路真宽！咱这要通上高速了，亮亮一家就该回来了。

征锟知道朱晋辰的儿子亮亮在广州打工，还在那里找了个城里媳妇，结婚时回来一次，之后好几年没回来了。咋不回来呢？征锟问朱晋辰。朱晋辰说，咱这穷乡僻壤，人家大城市的女孩咋来呀？结婚那年小两口回来时，转了好几趟车，亮亮媳妇转得晕头转向，说再不回来了。征锟噢了一声，拍拍朱晋辰的肩，说，原来你是不想儿子想儿媳了。朱晋唇推开征锟，去去去，没正经的，我是想孙子了，小东西都四岁了，还没见过我这爷爷呢。提到孙子，朱晋辰的笑容生动了起来，胡须也跟着抖动。

结婚那年，亮亮带着媳妇回来，先到市里，再到县里，又往镇里，最后到村里。一路上，下了火车赶汽车，下了汽车等公交，然后坐三轮，坐中巴，还得步行五里地才到家。娇生惯养的儿媳受

不了了，说再不想回这个家了。朱晋辰堆满了谦笑，说，听干部们说，咱村要通高速公路了。儿媳说，那就等通了高速，再回来。

朱晋辰也只是听说，到底啥时能通高速，他也不知道。一晃几年过去了，村里还没通上高速。没通高速，儿媳就不肯回来。孙子出生时，朱晋辰以为亮亮一家能回来呢，可儿媳坚决不肯回，非要等到高速通了再回来。自那以后，朱晋辰天天盼着村里能通上高速，白天盼夜里想，见谁从外地回来了，就打听高速的事。晚上看电视，也关注与高速有关的新闻。电视上的高速公路，如一条条天路，凌空盘旋在山河之间，优美地划过乡间田野，令朱晋辰心生羡慕，禁不住又想起亮亮一家人来。啥时天路通过村里，亮亮一家就回来了。

朱晋辰又想到了村主任，村里有啥事，村主任肯定是第一个知道的。朱晋辰没事就往村主任家跑。村主任说老朱你放心，高速肯定要修！朱晋辰像吃了定心丸，放心了。可等了一年，还是没动静，再去问村主任，村主任还是那句话，高速肯定要修！

村主任肯定了三年后，终于有了动静，上面来人测量了，不久又开始搞拆迁。朱晋辰太激动了，仿佛是见到了儿子儿媳，见到了不曾谋面的孙子。朱晋辰全身都带着劲儿，一有空就去瞅那些施工人员。人家搞测量搞拆迁，他跟着人家跑，问这问那，啥时开工呀？啥时竣工呀？啥时通路呀？人家需要什么工具，他当跑腿的，就近借来。有拆迁户闹意见了，他帮着做工作，跟村主任似的。

过完年，高速公路动工了。施工队从村里招了些年轻力壮的，参与施工。征锟就是招进去的。朱晋辰也去报了名，但人家嫌他岁数大了，没录用。不用归不用，朱晋辰也没闲着，天天耗在工地上，看征锟他们干活，指指点点，说这说那。征锟说，你咋成监工了？多少钱一月？朱晋辰嘿嘿一笑，说，这是咱自己的路，一定要尽力修好了。人手不够时，朱晋辰往掌心吐一口唾沫，挽起袖子就干。需要跑腿呢，朱晋辰跑得比谁都快。晚上他回到家躺在床上，累得筋疲力尽，但一想着孙子心里乐呢。

到了第二年秋，高速公路开通了，每天有数不清的车辆在高速路上飞来飞去。朱晋辰看着高速公路像彩带似的向远方飘去，心里甭提多高兴了。当然，他最高兴的，还是孙子快要回来了。他已经给亮亮去了电话，让亮亮转告儿媳，高速开通了，下了高速就到镇上了。亮亮将老爸的话传给了媳妇，又将媳妇的话传给了老爸：今年春节，一定回家！

想到亮亮一家就要回来，就要见到孙子了，朱晋辰开始数着日子过了。越是数着过，日子反而过得越慢。为了打发日子，朱晋辰就站在地里，向高速眺望，琢磨着亮亮一家人就坐在某辆车上，飞驰在眼前的高速上。想象那欢聚的场面，朱晋辰的眼睛都湿润了。

到了年根，亮亮一家人果真回来了。朱晋辰见到了几年不见的儿子儿媳，还第一次见到了活泼可爱的小孙子。朱晋辰早给孙子准备了玩具和好吃的，抱着孙子亲了好几口。亮亮到了家，屋前屋后地看。眼前的一切，熟悉而又陌生，让亮亮总是找不到感觉。亮亮背着手，又到村子里四处转悠，正好碰上了征锟。亮亮远远地和征锟打了个招呼，说，叔啊，这高速公路修好了，咱村变化太大了，我都找不到感觉了，感觉不像是老家了，看哪儿都陌生。征锟笑，说，没想到吧？这就是社会主义新农村嘛。你再过两年回来，就更不认识啦。征锟指着高速路东边，说，你看那一片地，马上就要盖厂房了，服装厂、电子厂年后就动工了。征锟又指着高速路西边说，那边也要盖厂房了，家具厂、玩具厂、五金厂也快动工了。亮亮惊讶,说,没想到这条高速公路,给咱村带来这么多的产业呀。征锟说是啊,这条天路就像一条龙,领着咱们走上致富路呢。

晚上吃饭的时候,亮亮把所见所闻对父亲说了。朱晋辰点点头说,征锟说得没错,自打高速公路修好后,咱村的交通便利多了,不少外地商人都来咱村投资了,听说还有外国人呢。亮亮望着爱人说,等这些工厂开工了,咱就不用出去打工了,就在自家门口上班,多好!朱晋辰也说,是啊,一家人团团圆圆、和和美美,就不用再四处奔波了。亮亮的爱人想了想说,也好,这样的话,既能挣钱,日子也安定,再说,爸爸岁数也大了,正好可以照顾爸爸呢。朱晋辰很开心,想不到这条高速公路,给自己带来这么多的实惠。

亮亮一家人又出去打工了。朱晋辰又开始了新的希望,每天在高速路两侧转悠,看几家厂房的施工进度。单等厂房建成,开始招工了,他马上就通知亮亮一家人回来,就在家门口打工。

油"慌"

公司安排我和召栋去省城,派了辆别克。去省城都是高速,方便又快捷。上了高速,仿佛上了央视的星光大道,快活极了。跑了半小时,后面响起几声清脆的喇叭。我不喜欢飙车,便让了让。一辆绿色的小标致追了上来,却没有超车的意思。我正纳闷,标致车向我们靠了靠,且摇下车窗,示意我们停下车。我有点犹豫。召栋说,怕他什么?停!

别克停,标致也停了。下来两小伙,穿着一黑一白的T恤。白的带着请求,说,师傅,我们车子没油了,借点油行不?我看看油表,也不多了,能不能到省城,都成问题。我刚想说不行,召栋说,咋借呀?咱素不相识,借了啥时还?黑的说,到前面的加油站,我们还你。召栋想了想,说,还油?太费事了,不如我们卖点给你们吧。十块钱一升,如何?少一分我们不卖!白的说,卖也可以,不过加油站一升七块四角五,也忒贵了吧?黑的却说,十块就十块吧,别在乎这点钱了。边说边朝白的使了个眼色。

我看了下别克油表的指针,然后熄了火。白的从后车厢里拿出根长长的皮管来,将两个车子的油箱接上。两个车就在高速路上,开始了油的交流。别克的油缓缓流进了标致车里。黑的想套点近乎,掏出烟来,被我拦住。油箱都开着呢,不能抽烟,得注意安全。过了一会儿,我说差不多了。黑的说,再卖点给我们吧,反正前面有加油站呢,你们再加吧。我们急着要去省城办事呢。召栋来了个顺水推舟说,好人做到底,送佛上西天,就多卖点给你们吧。召栋故意将卖字咬得很重。我知道召栋的意思,无非是想多赚对方几个钱。我们开的是公司的车,耗多少油都不心疼,反正是报销。能赚几个外快,挣点午餐费,何乐不为?又流了一会油,我说,好了好了,否则我们也没油了。

白的麻利地收了皮管,然后进了驾驶室,把车子发动了。黑的说,加了多少啊,算一算,付钱给人家呢。边说边钻进车里看油表。我刚想上车,忽听得呜的一声,标致车飞了出去,小偷一般溜了。我立即上车,发动车子,一看油耗,只剩最后一格,黄灯都亮了,表明油不多了。召栋立即跳上车,说,追!我一踩油门,车子飞了起来,咬着标致不放。标致给油撑饱了,开得飞快,估计不低于一百六十码。别克就不行了,油不多了,怕开太快耗油太多,如果没到加油站就没了油，岂不惨了？我无可奈何地降低车速，眼睁睁地看着标致逃脱了。

大约开了三十来公里，到了服务区。我们像抓住了救命稻草，直向加油站奔去。车子一停下，召栋就跳下车，说，加油！黑黑的油女郎走过来，说，请打开油箱。我伸出脑袋问，有发票吧？我们开的是公车，回去要报销的。油女郎摇摇头，没有，发票刚用完。晕！召栋说，没发票，我们咋报销？油女郎说，那没办法。要不，你们改天再来取发票。召栋又说了句晕，你以为这是走亲戚哟，为一张发票，我来回要跑上七八十公里，值吗？油女郎耸耸肩，那就别加了。不加怎么行？我说，车里没油了。召栋问，前面还有加油站吗？油女郎说，当然。我问大概多远，油女郎说不远，三四十公里吧。召栋算了算，说，不行，先加五十元吧。然后对我说，这五十块钱，报销不了了，我贴上。要让我再遇见那两家伙，老子要他还五百！我说，别做美梦了，只怕人家早到了省城，消失在茫茫大街上了。

继续前行，召栋一路上骂骂咧咧，恨不得扒了那两家伙的皮。我说，贪小便宜吃大亏，这是古语。这回应了吧？开了一会儿，又到了服务区，那加油站还挺气派。待车停下，一看，加油站里连个鬼影都没有。加油站是新建的，装修精美，设施齐备，就是没油——还没营业呢。看看油表的刻度，又是危急关头了。而下一个服务区有多远？我们不知道。我和召栋的脸色，都微微变了。万一没了油，小别克就成乌龟壳了。

怎么办？我问召栋。召栋也不知道怎么办，只能走一步看一步了。

上了高速，继续往前跑。我们的眼睛一刻不离地盯着油表，仿佛油表上装了定时炸弹，到点就要爆炸似的。那指针似乎比平

时跑得快,跑得我们大气都不敢喘。召栋说,要不咱也学他们那招,向别人买油?我觉得这倒也是个办法。我遂减慢车速,摇下车窗,不时地向过路车辆招手示意。可几十辆车子飞一般地过去了,没有一辆车肯为我们逗留的。

我关了空调,关了音响,关上窗户,将车速调到九十码。书上说,九十码匀速行驶最省油。我们连聊天的兴趣都没了,只顾想着油。此刻的油,比血还要珍贵。流点血我们不在乎,流点油我们会全身战栗。

正在我们盼星星盼月亮的时候,又一个服务区让我们盼来了。我很兴奋,猛按汽笛,召栋也一声长啸。要知道,油表快到底了,再没有服务区,我们就要在高速上抛锚了。召栋说咱也不能高兴得太早哟,这里要是也没油,就惨了。乌鸦嘴!我说。当然,我们确实被油荒闹怕了。

这是个货真价实的加油站,不是摆设。不过加的是乙醇汽油,价格高了点。对于饿极了的人来说,只要能填肚子,吃什么已不重要了。加满!召栋说。我掏出票子,小心翼翼地问,有发票吗?油女郎说,有。

别克喝饱了,我们又铆足了劲,踩紧油门,向省城飞驰。约莫开了百来里地,又见前面有车停着,有人在向过路车辆招手。所有路过的车辆都视而不见,呼啸而过。我说,大概又是骗油的!召栋说,别理他!我点了点油门,车提了速。就在与那车擦肩而过的时候,召栋忽然大呼:停车!我急忙来个急刹车,同时将车子靠边停下。你发什么神经啊?我说,差点没让你吓出毛病来。召栋说,瞧,那两个家伙!下车,老子找他们要油钱!

我和召栋下了车,向标致走去。果然是那两家伙!白的见是我们,直往后缩。黑的没缩,堆着笑脸说,大哥,对不住啊,我们实在没办法……没容黑的话说完，召栋一个扫堂腿，黑的被撂倒了。白的一看召栋这身手，扑通跪下了。召栋冷笑，照着胸口就是一脚。召栋练过跆拳道，腿上功夫了得。等两小子踉跄着站起来，召栋伸出手去，给钱！黑的说，我们没钱，有钱的话，我们会不给吗？白的说，我的钱包在服务区被偷了。本想吃了饭加油的，谁知吃饭时钱包被偷了。我们没钱加油了，才在路上向你们借油的。借油？有你们这样借的吗？召栋又踹了他一脚。黑的赶紧过来递烟，召栋迟疑了一下，笑纳了。黑的趁机说，大哥，能不能再借点油？我们又没油了。哈哈哈，召栋大笑，我也忍俊不禁。我说你拿我们当活雷锋呢？召栋也说，你以为我们是范伟啊，被忽悠了，还要接着被忽悠？白的赶紧摆手，不是不是，我们的车子真的没油了，跑不了了。我说是啊，要是跑得了，你们肯定跑了。白的红着脸，说，两位大哥行行好吧，再借点油，到了省城我们一定还你。他边说边掏口袋，什么也没掏出来。黑的赶紧从口袋里摸出身份证，说，这是我的身份证，押你这儿。白的又赶紧说，对，我把手机也押给你。两人可怜兮兮地望着我们，乞求我们借油。我和召栋对视了一下，想笑，却比哭还难看。

这一次，他们是真诚的，触手可及的真诚。我们的信念开始动摇。想想没油的滋味，实在太难受了。善良为本，慈悲为怀，我们的菩萨心肠又再一次被触动。最后，在他们的苦苦哀求下，我们同意了。那根皮管，再次将两辆车连接在一起。自然，也把我们和黑白二人连接到了一起。我们聊天，彼此作了介绍。过了一会儿，我说好了，别再把我的油抽光了。白的说，不会了。之前我们被偷了钱包，所以心存不良，才那么做的。两位大哥不计前嫌，再次借油，我们再那样，良心难道让狗吃了？

完毕，两辆车一起向省城进发，别克在前，标致在后，始终保持着适度的距离。召栋扑哧一笑，说这两小子也够倒霉的了，跑了这么远，还是没逃出我们如来佛的手掌心。

千里走高速

你说，高速像什么？

像丝带，蓝黑色的丝带，舒展着，柔软婀娜地伸向远方。

不，像大地的脊梁，刚硬，坚实，有活力。

像蓝色的河流，绵绵不息地流向远方，咱们是坐在小舟上，悠悠晃晃。

这速度还晃悠啊？分明是汽艇嘛。

上了高速，杨雪就兴奋，和征锟说个没完。按说，杨雪不是第一次在高速上奔跑。杨雪家在平凉，在兰州读大三，学计算机的，寒来暑往都在平定高速上。但那是坐大巴，看高速走马观花，车厢里满满的头颅遮住蓝天遮断青山遮了高速，能看到的，只是一个又一个的高速片断。坐在别克上，贴着地面跑，能如此长如此久如此细致如此亲密地感受高速，杨雪是第一次。感谢征锟！

征锟是杨雪的男友，在兰州工作。征锟几次邀杨雪去连云港看大海，杨雪说太远了。征锟说，说近不近，说远不远，一千七百多公里呢，开车只需一天一夜。杨雪说有自驾车吗？征锟马上弄了辆别克来，亮亮驾照，A2 的。

往前看，一览无余，高速不间断，风景在绵延。穿行于群山巍峨中，天高云淡，草长树绿。景色如高清电影，迅速变幻着。本已习以为常的田地、树木、河流,现在看来,一切都是那么美好,胜似天堂。高速立交像是飘扬的裙带,舞出动感来。同是这天地,同是这景致,为啥在高速上看就特别美呢?杨雪疑惑。征锟说,视觉不同,心情不同。

你说,是谁发明了高速呢?杨雪又问。大学生的问题就是多,征锟暂且冒充一回教授了。据说1925年,从纽约直达旧金山的林肯高速公路,是世界上第一条高速。杨雪咂着嘴,你看这些标识牌,简洁,又科学,别说你是司机,我不会开车也能看懂。征锟说,这是小儿科,高速真正的作用是带动经济。咱脚下的连霍高速,正好在中国腰部,是根金腰带,中西部加快发展,它功不可没。杨雪说不是它有功,是赋予它生命的大师们。征锟说,嗯,还不止大师们,还有那些筑路者呢。

天色暗了些,夕阳追着车子跑。回望窗外,身后是赤红的天,夕阳艳丽无比,挂在高速尽头。一会儿,半个夕阳下去了,高速像把剑,插在夕阳的胸口。征锟说,不是剑,是大跳板,把太阳和大地连在一起了。杨雪说,那咱掉头,把别克开进太阳上去。征锟笑了,说,太阳太热情,你是雪,会被融化的。

夜色降临,月亮升空。月色洗了一般干净、透明、华丽。洒在高速上,朦胧而有诗意。如此意境,实在难得。杨雪说,只有高速上,才配拥有。咱把车停下,下车赏月嘛。征锟捏了捏杨雪的脸:别太小资哟,高速上杜绝浪漫。杨雪撒娇,说那把车灯关了,车灯劈了月夜的原汁原味。征锟摇摇手指,NO,这是高速!

深夜,在服务区小憩后,继续东行,驶入平原。满目绿野,田地在飞旋。别克载着一对恋人,像矫捷的烈马疾驰。树木哨兵一样,前仆后继地冲向身后。许多熟悉的名字:天水,宝鸡,西安,洛阳,郑州……一一驶进眼帘。杨雪说,这趟太值了,见了这么多城市！征锟说，看了大海，再说值！

征锟，你看！车子刚上了座大桥，杨雪一指天空。天上是厚重的云彩，不是一层，是三层。一层覆盖着一层，立体感分明，遮住了半个天空，正缓缓上升。另半个天空，万里无云，蔚蓝清澈。三层云彩相对运动着，透出层次来。第一层淡些，第二层厚重，第三层如烟。太阳藏在云层里，等待着闪亮登场，照着云层边缘薄如锋利的刀，很明亮，闪着金光。第一层走得慢。第二层厚重，却走得快些，渐渐从第一层后面伸出头来。第三层翻卷着，时而超越，时而停滞。简直是海市蜃楼啊！杨雪感慨。征锟也叹为观止，开车多年，第一次遇上这等奇观。杨雪说，只有高速，才能生出此境此景啊。

到东海了。征锟说，再过半小时，就进连云港市区了。半小时后，车子下了高速。杨雪还在感慨，脑海里思绪万千。杨雪对征锟说，知道《清明上河图》吗？征锟说当然知道。杨雪说，等我毕业了，我要用计算机制作一幅现代版的《清明上河图》。征锟说，你的想法晚了，各式各样电脑制作的《清明上河图》早就有了。杨雪摇摇头，不，我不是制作电脑版《清明上河图》，我是以连霍高速为背景，制作一幅高速版的《清明上河图》，定名就叫《千里走高速》，把咱在连霍高速上看到的美景都制作出来。征锟说，好主意，咱返程时用摄像机把高速风景拍下来，然后制作《千里走高速》，那一定比《清明上河图》更漂亮，更风光呢！

谁的保时捷

晶晶新买了辆保时捷。

晶晶20岁,开了辆保时捷,虽说风光,但在这年头,也算不上啥新鲜事儿。富二代已多如草芥。晶晶不是富二代。晶晶是官二代。严格来讲,晶晶也算不上官二代。晶晶老爸是国税分局副局长,是个小官,充其量是棵小树,够不上栋梁之材。所以晶晶能买一百多万的保时捷,也算风光了。晶晶他爸本不想买保时捷,晶晶几番闹腾,老爸只好让步。晶晶从小到大,老爸对他是捧在手里怕摔了,含在嘴里怕化了。

牌照还没上,临牌也没拿,晶晶就急不可耐地玩上车了。黑色锃亮的保时捷,气宇轩昂,大度从容,豪华与庄重兼蓄,稳健与旷达并举。保时捷停哪儿,哪儿就多了份郑重,像是中央首长来了。晶晶才不管郑不郑重呢,拉上狐朋狗友,一起钻进车里。洁净的车内,顿时烟雾缭绕,臭气熏天,贼窝一般不堪入目。晶晶开着车在大街小巷里穿越,一路都是惊羡的目光。更有妖艳女子,目光像钉子一样,深深地扎在保时捷和晶晶的身上。车内一片尖叫。晶晶热血沸腾,一手抓方向盘,一手夹着烟,像开坦克,把车子开得飞快,开得满城注目。到了晚上,保时捷更如入无人之境,横冲直撞,绿灯行,红灯也行,反正没挂牌照,电子警察管不了。电子警察管不了,交警管得了。有次因为没牌照,被交警拦下了,扣了车。还有次闯红灯,又被交警拦下了。

晶晶没把小交警放眼里。老爸一个电话,车就放了。晶晶也挨了老爸一顿狠批。

老爸批得再狠,也是场毛毛雨,拂面而过。保时捷依旧是狼烟四起,依旧是烟雾缭绕。脏得不忍瞩目了,晶晶才开去洗车场。洗过之后,保时捷如获新生,再度华丽照人,风采依旧。

过了些日子,晶晶要领着狐朋狗友去逛省城。去省城有国道,也有高速。晶晶当然走高速。沿海高速爽啊,双向六车道,宽绰、明亮、坦荡、通畅。上了高速,晶晶就一个劲儿地踩油门。指针直逼二百二,晶晶才稳住脚。保时捷铆足了劲,像一支箭,直向省城射去。窗外的景致一闪即逝,子弹般射向车后。阳光也铆足了劲,把高速路面照得清澈如镜。晶晶一路超车,即使宝马奔驰,也照超不误。每超一辆车,狐朋狗友们就兴奋不已,吹哨尖叫。

保时捷很快射到了省城,到了收费站。晶晶掏出百元大钞,递给收费员。收费员的表情有些复杂,大概也是阅车无数,没见过晶晶这么年轻就开保时捷的。收费员收了钱,抬起栏杆。晶晶刚要踩油门,一个警察冒了出来,打个手势,晶晶的车子靠边停下了。坐在后排的石磊说,没牌照,要惹麻烦了。晶晶说没事,我爸在省里有熟人。

警察敬了个礼,让晶晶出示行车证。晶晶说是新车,还没上照。发票呢?警察问。晶晶说,有。转身找发票,却没找着。几个朋友都下车,满车找发票。车厢里没有。后车箱也没有。怪事!发票呢?晶晶自言自语。警察逼视着晶晶,目光如注。晶晶的额头开始出汗。车上都找了,就是没有发票,其他单据也不见了。

石磊说,可能洗车洗丢了。

晶晶说,也可能放家里了。

石磊说，会不会给你爸拿去办牌照了？警察冷笑，这保时捷来历不明啊。晶晶急了，说，警察先生，您别误会，这是我自己的保时捷。石磊也言之凿凿，说，这真是晶晶的车。警察皱了皱眉头，问晶晶，你是做什么的？晶晶说，我在上大学。警察撇了撇嘴，你是富二代？晶晶说，不是。石磊插上话，说，他爸是局长。警察点点头。

这么说，保时捷不是你的，是你爸的？晶晶说，不是我爸的，是我爸给我买的，发票上是我的名字。警察说，没有行车证，也没发票，就不能证明车是你的。晶晶语塞。警察又说，不管车是谁的，在没拿来证据之前，我必须扣车。晶晶懵了。石磊朝晶晶使眼色，晶晶忙从口袋拿出钱包，递了几张百元大钞，说，您罚多少都行，但别扣车。晶晶不在乎钱，在乎的是无法继续潇洒了。警察没接钱，说，这不是钱的事，得公事公办。晶晶急得脸色发白。石磊说，给你老爸打电话。晶晶急忙拨老爸的电话。半天，老爸接了。晶晶说了情况，马上将电话交给了警察。

您是晶晶的父亲吗？

是的。

保时捷是您的车吗？

不是。

那是您儿子的？

也不是。

是您出钱给儿子买的？

一派胡言。我一名公务员，哪买得起保时捷？

晶晶急了，一把抢过电话，喊爸爸……老爸的电话挂了。

警察不由分说地扣了晶晶的保时捷。

晶晶不停拨老爸的手机，一直无人接听。半小时后，电话通了，晶晶妈妈接的。晶晶尚未开口，妈妈先哭了：晶晶，你天天开着保时捷，招摇过市，你爸被人举报了！半小时前，你爸被纪委带走了……

陪奶奶看高速

和八十岁的奶奶说高速，何苗觉得是一件非常吃力的事。高速这个词，很普通，很直白，可奶奶听不懂。高速就是高速公路，明白？何苗说全称，奶奶还是不懂。路就是路，怎么还分个高低呢？奶奶拄着龙头拐杖说。何苗皱起了眉头。不是路要分个高低，是速度分高低，高速公路的速度快嘛。奶奶的脸上锈迹斑斑，浑浊的双眼布满疑问。那不叫高速，应该叫快速。这么浅显的道理，居然说不明白。何苗晕了。还是奶奶高见，真应该改叫快速呢。不想，奶奶又有了新问题，说，叫快速公路也不对，车子有速度快慢，路哪来的速度呢？奶奶说话慢，嘴巴一张一合，像个深不见底的黑洞。何苗不知还会有多少个问题，要从那个黑洞里冒出来。

百闻不如一见。不如带奶奶去亲眼看看，省得说不明白。

奶奶住在羊寨，羊寨没有高速。何苗带奶奶坐上黎明哥的车子，去了滨海坎北，宁连高速的入口处。何苗将奶奶扶下车，站到了收费处的前面。

这是收费站，上高速要收钱。何苗告诉奶奶。奶奶说，过路怎么还要收买路钱呢？这都什么时代的事了。何苗解释，这不是

买路钱。建这么好的公路,国家花了好多钱,当然要收回来嘛。

宁连高速北通连云港,南通南京。何苗指着高速说,从滨海到南京,过去至少要六个小时,现在只要三个多小时,省了一半的时间。这么快?奶奶惊得张圆了黑洞般的嘴巴。奶奶三十年前去过南京,用了一整天的时间。何苗拿出老花镜给奶奶戴上。你看高速上的车子,多快啊。奶奶定睛看着高速,上面车子像乌龟,跑起来像兔子,闪电般呼啸而过。奶奶看了五分钟,几十辆车子箭一样飞过去了。

这条大路真漂亮呀。奶奶不停地咂着嘴,眼睛一直没离开高速。奶奶的眼睛像摄像机,从收费站进去,一路摄过去。首先是一个立交,凌空延伸,划了一个美丽的圆弧,再向南绵延。如此宏大的立交公路,奶奶只在电视上见过。电视上,洁净的公路像一根绸带,在左环右绕中编织成蝴蝶展翅,翼舞翩跹。奶奶以为只有国外才有呢,没想到蝴蝶飞到了家门口。

奶奶眯着老花眼,默默地观望高速。高速公路像一条巨蟒,静穆地盘桓在苍茫辽阔的平原上,又仿佛一条蚯蚓,摇曳着游向远方。路面漆黑漆黑的,黑得发亮。路上很干净,别说坷垃灰尘,连一张纸屑都没有,不比乡村公路上,汽车过后,黄尘弥漫,纸片、树叶、果皮随风起舞。奶奶问何苗,路上那么干净,是不是每天有人打扫呢?何苗笑得前仰后翻。高速那么长,天天用人打扫,得要多少人啊?那么多人在高速上干活,车子能跑得快吗?何苗这么一说,奶奶蓦然醒悟。对呀,高速上为什么只见车,不见人呢?何苗掩面笑着,告诉奶奶,高速路四周都封闭了,马车、自行车、拖拉机以及行人等,是不准上去的。奶奶又张开了黑洞般的嘴巴,没说出话来。奶奶又看向高速,正午的阳光炽热奔放,在路面上铺了一层细细碎碎的金子。车子载着阳光,明晃晃地奔跑着,像一头头欢快的小鹿，在奶奶的眼睛里梭来梭去。路的两侧，茂盛整齐的绿化带，如两列训练有素的战士，守护着沿途的安全，祝福旅客们一路顺风，旅途愉快。

高速公路的下面，是茫然无际的田野。田野里长着庄稼，奶奶看出来了，是麦子。一片一片的麦子，绿得田野生机勃勃，绿得奶奶笑面如花。这庄稼长得不错，今年会是个好收成。奶奶说。放目四周，一块块麦地整齐周正，星罗棋布，像是把大地切割成若干个翠绿的豆腐块来。日子过得再好，也离不开这些庄稼啊。奶奶又说。

从坎北回来，何苗要奶奶说说感受。记得自己第一次看高速时，就很有感想，感觉高速就像大地的脊梁，撑起了国家的希望和未来。奶奶似乎没什么感想，张开"黑洞"半天，缓缓地说，高速公路是好，只是占地太多了，可惜了多少庄稼啊。

借车过年

转眼就要到春节了，我得给老徐打个电话，借他的车子回老家过年。这档子事儿我去年就和他打过招呼了。

老徐和我是同乡，都是安徽阜宁羊寨的。羊寨地方不大，两家离得很近，彼此的关系也近，可以说亲密无间。他是公务员，原来在车管所工作，前几年被调到交警支队汾灌高速公路大队。他为人本分、勤快，人缘特别好。

老徐很早就买车了，一辆奇瑞 QQ，小巧方便，价格实惠。以

前在车管所工作时,每逢春节,他都开着他的QQ,载着我们两家人一起回阜宁过年。

阜宁的土特产大糕很好吃,虽然在外地也能买到,但味道最地道的还要数我们羊寨的散装大糕,那种美味只有家乡才有。我和老徐都是吃着散装大糕长大的,记得小时候每到过年,生产队里就发大糕。大年初一,小孩子挨家挨户去拜年,大人们除了给糖,还会捧出香喷喷的大糕来。可以说,关于年的记忆都在这大糕里。如今,每年回家最想品尝的,莫过于那香甜可口、绵柔软糯的散装大糕了。

不过,这三四年,自老徐调到汾灌高速公路大队后,我们就再没一起回老家过年了。他上班的地方在汾灌高速的入口处,离城里太远了,我们平时走动也就少了些。

那地方我去过一次。三年前,我坐单位的车子去赣榆办事,正好从汾灌高速公路交警大队门口经过。我打电话给老徐,得知他恰好在上班,就让司机把车拐了进去。到他办公室时,老徐正在处理一起交通违章案件,一个满身油渍的司机正努力解释着什么。老徐见我进来,点了下头,然后依旧皱着眉头,向司机问话。

我退到门外,等他把事情处理完。片刻,他向我招招手,我进了办公室,问他在这儿上班可好。他笑了:“在哪都一样,都是干活的命。不过这儿事更多,一刻都不闲着,没日没夜的。”话音未落,电话就响了,接完电话,老徐对我说:“我得出去了,高速上撞车了。”正要和他告别,他已经一阵风似的冲了出去。我上了车,司机掉过车头,恰好看见老徐摇下车窗。他伸出手向我挥了一下,车子呼啸而去。

老徐很忙,常常几个月都没有消息。我给他打过几次电话,他都在高速上。这种时候,他通常都是在处理违章事故,我不好打扰他,渐渐地,给他打电话也少了。这三四年,每到过年,我都悄悄地带着老婆孩子,坐大巴车回阜宁,再没去找过老徐。反正阜宁不算远,三个小时就到了。

其实,老徐从调到高速大队第一年就告诉我春节要值班。老婆跟我商量:“既然老徐不回去,咱们把他的车借过来,开车回家过年多好。”我犹豫着,没向老徐张口。我猜想他过年肯定还是要回家的,只是来去匆匆,可能和我们的行程凑不到一块儿。车借给我,他怎么办?以前过年,两家人一起回阜宁,一待就是三五天,吃着大糕,走亲访友,玩个够才回来。现在他这么忙,怕是到家屁股还没坐热就得往回赶了吧。

去年年底,女儿办生日宴。我邀请了老徐,可他没时间,让他女儿徐畅来了。这孩子长得越发乖巧可人了,我笑着逗她:“前些年咱们一起回老家过年,那时你啊,就是个小精灵,大大的眼睛,俏皮的性格,可爱极了。”徐畅小脸红了一下,叹息道:“可惜我们都三年没回老家过年了。”我疑惑着问她原因,她噘着小嘴说:“老爸是大忙人,一过年就值班,还都赶上大年初一、初二、初三,咋回去?”我说:“哪能年年过春节专门挑他一个人值班的?”徐畅撇了撇嘴,嘟囔着:“哪知道哟?”

几天后,我给老徐打电话,问他过年回老家的事。老徐说不回,走不开。我说:“你都三年没回老家了,不想吃大糕了?”老徐嘿嘿地笑:“咋不想,想得很呢!可是咱老家离得近,开车几个小时就到了,啥时想回去了,半夜都能赶回去,何必非挤在春节呢?我们单位几个同事,老家都在山西、甘肃、福建那边,平时高速上事多请不了假,就盼着春节回家看看呢,咱不得发扬点风格?不就多值几个班嘛!”我笑着说:“你继续发扬风格吧,我可是要回阜宁过年的。”想起妻子的话,我试探着问他:“今年过年,能借你的 QQ 跑一趟吗？前两年春节就想借，没好意思开口，以为你也回老家的。"老徐笑了："用车自然没问题，可惜前几天，同事老王刚和我说了，要借我车子回福建呢。这几年春节，我的车就没闲着，年年借给同事回家过年。明年吧，明年春节谁也不借，就给你用。"

这不，一晃眼一年过去了。再有十来天就该过年了，我给老徐打电话，问他今年回去不。这个问题其实是多余的，他肯定要继续发扬风格喽。果然，老徐说回不去，要值班。我说："知道你不回去，我是找你借车的。"老徐有点结巴："这这这……"我说："你去年就答应我了，不会想赖账吧？"老徐在电话里笑："怎么会呢，咱俩这么铁，别说借车，就是借钱也不能赖账呀。这样吧，一会儿我就下班了，咱俩聚聚。"

晚上七点多，我们在川淮土菜馆见面了。老徐是骑电瓶车来的，我问："咋不开车呢？"他笑笑说："电瓶车方便。"一年没见，他瘦了，也黑了。老徐自嘲："这叫柏油黑，天天在高速上跑，近墨者黑嘛！"

几杯啤酒下肚，我又提起借车的事。老徐摇摇头："我的 QQ 隐身了。"我一愣："啥意思？奇瑞 QQ 还能隐身啊，又不是腾讯 QQ！"老徐告诉我，车子锁在车库四五个月了。他又说："你也别开车回去了，真不如坐大巴呢。我在高速上班，眼瞅着每年春节前后，路上挤满了车，在收费站排老长的队，比蜗牛爬得还慢。车一多，事故就多，一到春节我们就忙得分身乏术。"我笑了笑，揶揄老徐："你不是在为耍赖找借口吧？"老徐和我碰了下杯："我堂堂人民警察，会赖你的账吗？我那破车年年春节都外借，一跑就是一两千公里，还在乎你跑阜宁那二三百里地？今年大队发出倡议，所有回家探亲的人都不开车，就坐大巴、火车，一起为高速减负。”我逗他:“你们是高速人,我又不是,高速减负与我无关啊。”老徐摇摇头:“这两年雾霾覆盖全国,都漂洋过海了,这个与你有关吧？少开点车,就能减少尾气排放,空气就能纯净一些嘛!”我说:“这个的确与我无关,我就春节开一次,不至于整出雾霾来吧?”老徐说:“中国十三亿人,每人开一次,雾霾怕要飞遍全球喽。”

他说得很诚恳,不像开玩笑。我也认真地点点头:“老徐啊,你不是近墨者黑,是近朱者赤啊。”老徐笑了,从袋里掏出钥匙,丢给我说:“我讲的只是这么个道理,别说我赖账啊,我把车库和车子的钥匙都给你,开不开车回阜宁,你自己拿主意。”我又把钥匙推给他说:“我不是高速人,可我是高速人的朋友,车子就不开了,等我回来,带几条羊寨的散装大糕给你。”老徐眼睛亮了,说:“那就带一箱回来吧,我老和同事们吹牛,他们都想尝尝咱正宗的阜宁大糕是啥滋味呢!”

水漫桥

善麟背了个黑色的包,走过长长的田埂,寻找栅栏稀疏处。然而几乎每一处栅栏都完好无损,间距相当。善麟走了近半里路,终于发现有一理想之处。这处的栅栏并未稀疏,亦没有缺失,但栅栏边上有几个大石块垒着。显然,有人从这里翻越栅栏。善麟个子高,弯下腰,吃力地将大石块垒好,垒了二十厘米高。然后试了试,觉得自己可以翻越栅栏了。善麟提起长裙,将黑包移到了胸前,然后站到石块上,先跨出了右腿,踩到栅栏内的堆坡上,然后扶着栅栏,将整个身子的重心移到了栅栏内,便轻而易举地跨过栅栏了。

栅栏内是通车不久的高速公路。善麟弯下腰,撑着堆坡往上爬,一会儿便爬到了路面上。善麟松了口气。越过低矮的栏杆,善麟就上了高速公路。站在高高的高速公路上,善麟放眼四望。乡村景色如画,一块块格子状的庄稼地规则地排列着,井然有序,布局整齐。田野里长着青油油的秧苗,生机勃勃,孕育着乡民的希望。河流像一把清清亮亮的长剑,插在田块间,笔直地伸向远方。一排排葱郁成荫的绿树,油画般涂抹在茫茫田野上。

善麟有些陶醉,却忽然流了泪,哭得难以抑制。泪眼蒙眬间,善麟打开黑包,从黑包里取出一个相框。相框里是一个年轻男人的照片。善麟用手轻轻抚摸着相片,抚摸男孩的脸,泣不成声地说,燕飞,你睁眼看看吧,咱家乡开通高速公路了。泪水如雨,涓涓而下,流进善麟口中。善麟咽着苦咸的泪水,将相片举高,哽咽着说,燕飞,你看到了吗?高速多漂亮啊。在高速上登高望远,你会发现我们的家乡原来这么美呀。

善麟转过身来,面向西边,看到了西边不远处,是水漫桥。顾名思义,水漫桥是容易被水淹没了的桥。水漫桥位于一条狭长地带中间的公路上,水漫桥就在公路的中间。水漫桥下,是一条又深又宽的河。整个狭长地带有两里路宽,长不见头尾,如同低矮的河床,夹在两边的高地之间。两边的高地比狭长地带要高出七八米。每到夏季,雨水暴涨,整个狭长地带都被雨水漫了,一片汪洋,像一条宽阔的大河。然而水漫桥是这一带唯一的路,南来北往的人和车辆,必须从此经过,否则要绕道很远。因而即使水漫桥被水漫了,过往行人也只能蹚着齐膝深的水,摸索着从水漫桥上经过。

看到水漫桥，善麟的心像被尖刀捅了，一滴滴在流血。水漫桥是善麟的伤心之地，是她永远的痛。那悲恸的往事又浮现在她眼前。善麟噙着泪，喃喃地说，燕飞你看到了吗？咱们老家现在多漂亮啊！你要是能等上大半年多好啊，你就不会离开我了。咱这儿现在通高速公路了，咱回家走高速，就不用走水漫桥了。善麟呜呜地哭着，一手抱着相框，一手扶着栏杆，哭成了泪人儿。

善麟正在哭呢，一辆警车停在了她面前。车上下来了一位警察，亮了证件，严肃地说，我是高速公路交警徐正兵，我在值班巡逻。高速路上车来车往，你必须马上离开！善麟透过泪眼，瞟了一下徐正兵，仍扶着栏杆不住地呜咽。徐正兵看善麟满脸的泪，知道她心怀悲伤，于是客气地说，对不起，姑娘，你在这儿太危险了，请您立即上我的车子离开高速。高速公路有规定，严禁行人上高速。徐正兵边说边扶住善麟，请她上车。然后将善麟带出了高速公路。

等善麟平静了，徐正兵问她为了什么事如此悲伤。善麟哭着述说了一段不堪回首的往事。去年夏天的时候，善麟和燕飞从南方打工回来。两人是开车回来的，车是新买的。小两口这些年在外打工，挣了些钱，就买了辆新车，也算衣锦还乡吧。车子开到水漫桥时，适逢暴雨肆虐。雨很大，像从天上倒下来似的，打在车玻璃上哗哗地响。雨刷一直在刮，但暴雨如注，挡住了视线。公路淹没在水中，积水有三十厘米深。只有一条隐隐发白的路面，隐匿水中依稀可辨。善麟问燕飞，能开过去吗？要不就等雨停了再回家。燕飞思亲心切，归心似箭，哪肯等到雨停？再说这雨哪能说停就停了。燕飞说没事，我慢点开，应该没问题。雨在狂泻，燕飞开得慢。车子开到水漫桥的中间时，忽然被什么东西绊了一下,车子突然改变了方向,转眼就滑下了桥。善麟尖叫,燕飞也惊慌失措。在车子坠入水中快被隐没时,燕飞猛地将善麟推出了车门外。善麟会水,慌乱地在水中划拉了几下,就爬到了桥上。可燕飞被困在车里,一点点坠入了河底,再没能上来。

徐正兵的眼睛红了,说这件事我知道。这出悲剧当时牵动了好多人的心,包括县委县政府。水漫桥这儿年年出事,不过没有闹出人命来。去年燕飞的事,让县领导再也坐不住了。县财政这些年很吃紧,政府一直想在水漫桥那儿修一条两里多的公路大桥,但财政拿不出钱来。燕飞的事发生后,县领导痛下决心,牢记悲惨教训,不惜代价建成这条高速,方便南来北往的车辆,让司机们安全通行。县政府采取财政出资和对外融资的办法筹集资金,终于修成了这条高速。这条高速建成后,现在交通多方便啊。

善麟抹了把泪,说,是啊,高速开通后,一下缩短了家乡与外界的距离,也改变了家乡的面貌,觉得家乡真的好漂亮。徐正兵说,高速开通后,来咱这儿投资的多了。咱县里的开发区以前只有四五家工厂,听说要开通高速了,一下来了十几家,以后来投资的会越来越多。徐正兵指着水漫桥说,高速公路开通了,来投资的就多了,财政就不吃紧了。按照县政府的计划,明年就拆了水漫桥,要建两里路长的公路桥,这是第一座。再过个三两年,财政富裕了,再建两座。到那时,出行就更方便了。善麟又拿出相框,深情地看着照片,说,燕飞,你听到了吗?咱家乡要发生巨变了。

徐正兵问善麟,你刚才跑到高速上干什么呢?

善麟说,今天是燕飞一周年的祭日,我想带着他来看看这条高速公路。想告诉他,有高速公路了,再不用走水漫桥了,不会再发生悲剧了……善麟满目含泪,说不下去了。

徐正兵沉痛地说,这条高速公路建成了,确实是告慰逝者,造福生者。不过我还是要认真地提醒你，不管什么情况，都不要在高速上行走。高速上的车子开得飞快，稍不留神，就会酿成悲剧。千万记住啊！

善麟点点头，请交警同志放心，我以后一定会遵守高速公路管理规定的。徐正兵满意地笑了。

相逢在高速

我住连云港市区，在灌云上班。我开了辆标致307，在高速路上行驶，早出晚归，日复一日。

所以，除了本单位同事外，我愿意把高速公路收费站的收费员们，看成我的另一类同事。我交钱，他收费，不都是为了咱交通事业嘛。做同样的事业，自然就是同事了。

因为天天打交道，所以我比较理解我的这一类同事。

他们的活动空间小，自由受限制，虽然工作简单，但责任大，马虎不得。总的来说，他们的工作是枯燥的。枯燥的工作，自然会触动枯燥的心情。

枯燥的心情，表现在脸上，便有了枯燥的表情。表情枯燥了，态度便消怠了。不管经过宝马奇瑞，不管路过贵人贱人，他们的脸都是板着的，冷冷地说声你好，或什么也不说，伸出手来，等着你付钱，如讨债般。当然，过路收费是天经地义的。新中国成立前，走乡村小路，遇上了兵匪，还要留下买路钱呢，何况咱这是高速公路。司机们无论开的是公车私车，一般也认同这个天经地义的事，毫不迟疑地递上卡，付了钱。收费员收了钱，不再理会司机，自顾自地喝茶，聊天，发呆，嗑瓜子。司机则一踩油门，车子呼啸而去。两者互不相干，各忙各的，什么也没发生。

我已习惯了和收费员这样的交流方式。如果遇上态度好点的，我会开个玩笑。我说我天天给你们送钱，你们就不能说声再见吗？这是个三十多岁的女收费员，长得也不错，面含浅笑，唇红齿白。听了我的话，她笑靥如花，说，我只拿工资，收多少钱关我屁事，又装不进我的腰包。我也笑，尴尬地笑。她舍不得说再见，我只好冲着她姣好的面容，摆摆手，倒贴了一声再见。

那年四月，我去黄山旅游。许是天天和收费员打交道的缘故，我特别在意他们。下高速，到了黄山出口处的收费站。收费员是个二十岁左右的靓丽女孩，迎宾小姐一般，先是彬彬有礼地一声问候：您好，欢迎光临！声音圆润、亲切、清脆、柔和，带着恬静淡定的笑容。一路的倦怠和困乏，便在眼睛一亮后，荡然无存。收费之后，女孩正面向着我，看着我的车缓缓离开。走了几十米，我在反光镜里，仍看见女孩用目光为我们送行。我对身边的朋友说，看人家，服务多棒！朋友不以为然，说你没看到前面的条幅吗？上海世博会要开了，黄山是个旅游城市，想吸引更多的人来旅游，当然要给你点好脸色啦。

我无言以对。但不管怎么说，这种服务态度，给我留下了深刻印象。不过是一个甜美的微笑，一个深情的注目，而她所反映的，是服务的内涵、职业的操守，她所代表的，是一个地方的风格和特色。

我很想找个机会，把我的感受告诉我每天面对的收费员们。然而，我怕听到关我屁事的笑谈，更怕看见冷漠和嘲讽。所以每次要进收费站了，总会有些话在我舌头上滚动，但进了收费站，这些话就滑进肚里了。

前几天，我出差去阜阳太和。进高速时，我又看到了似曾相识的笑脸，似曾相识的目光。太和不是个旅游城市，世博会也过去一个多月了，而太和收费站的收费女孩，依然靓丽，依然深情，她的举动和我在黄山时并无异样。显然，这些笑脸和目光，不是一时的迎合，不是无奈的举止。我和女孩开了个玩笑，我说，你能目送我多远呢？女孩笑笑，大概是没碰到我这么无聊的司机吧。女孩说，一百米。一百米！我大笑，想不到我开出了一百米，还有一束深情的目光为我送行。我断定，没有一个司机会注意到来自收费员的这束目光。因为上了高速，司机们就要全神贯注地开车了，哪顾得上来自身后的目光。然而，不管你注不注意，收费员都会将这束目光诚挚而温情地送给你。

这束目光里，表达的不只是对司机缴纳过路费的感激，还有平安的祝福，静穆的送行，浅浅的眷恋，真挚的情意，以及亲人般的难舍。

我每天仍飞驶在两城之间的高速上。我企盼着有那么一天，在我上下班的路上，能再见那熟悉的笑脸，感受那深情的目光。那么，我的旅途乃至我的每一天，都将轻盈愉悦，不知疲倦了。

第四辑

没事偷着乐

偷　菜

我这人挺优秀的，在开心农场出来之前，我几乎没什么爱好。抽烟不会，喝酒不会，赌博也不会。后来有了开心农场，我才算有了个爱好：偷菜。

偷菜是这几年风靡的网上游戏，很多人都在偷。不过，像我这么专业的不多。我偷起菜来，不论何时，无论何地。上班偷，下班偷，白天偷，晚上偷。家里偷，办公室偷，公共场所偷。车上偷，路上偷，床上偷。有次等红绿灯，我用手机偷菜，结果后面的车堵成了长龙，喇叭齐鸣，我竟是两耳不闻窗外事，一心偷菜。还有次在办公室偷菜，老板站了半天我都没发现，老板看着我偷完菜，然后愤怒地下了一百元的罚单。

罚就罚呗。偷菜上瘾，我也没办法。看到我的农场级别到了九十，我好开心。我要一鼓作气，尽快突破一百大关。

朱非说，你就不能玩点高雅的吗？整天偷菜有意思吗？朱非是我老婆，她对我偷菜特反感。特别是我常半夜起来偷菜，更令她生厌，天天和我唠叨。我的脾气也倔，从不理会她的抱怨。我说，什么是高雅？咱就一个俗人，就会偷菜，高雅的不会！朱非说，偷菜偷得如痴如醉，你不觉得太俗了吗？我反唇相讥，逛街购物，减肥美容，高雅是吗？呸，俗不可耐！朱非一扭腰，气呼呼地走了。我实在想不通，我那丈母娘堂堂的人民教师，温文尔雅，知书达理，咋就给我生了这么个野蛮老婆？

不管朱非怎么唠叨,我依然我行我素。我不但忙着自己种菜收菜,更喜欢偷别人的菜。我的网友多,二百多个人,我不聊天,就偷他们的菜。我的记性好,看了每个网友的农场,就能记住他们的收菜时间,我会抢在他们收菜之前偷菜。夜里偷菜最好,白天大家都在线,有菜就收了。夜里他们都睡了,很多菜在他们的睡梦中姹紫嫣红了。这是我偷菜的最佳时机。我设了闹铃,到时就偷。

我屡教不改,朱非无奈,和我摊了牌:离婚！那个晚上我确实过分了点。当时我正和朱非在床上缠绵,闹铃响了。我松开朱非,说稍等会,就去拿手机偷菜。朱非正是激情燃烧、蠢蠢欲动的关键时候,不肯让我偷菜。我不理她,坚持收了菜。等我收完了,朱非就摊牌了。第二天,朱非回了娘家。

回就回呗。她回了家,我更自由了。丈母娘打我几次电话,要我接朱非回来。我倔着呢,一口回绝了。我就这么点爱好,你朱非都不能容忍呀?如果我是那些全身烟味、逢酒必醉、见到美女就想睡的男人,你朱非不得从时代广场的楼顶跳下去?

我现在自由了,日夜将 QQ 挂在网上,网友更多了。有个叫风中百合的网友,主动加了我。她也有开心农场,但级别低,才二十级。她说她喜欢开心农场,很好玩。但她是家庭主妇,要照顾好一家人的一日三餐。她还要上班,要把工作做好。这些事做好了,她才能偷菜。她说如果本末倒置了,就把正事耽搁了,那样偷菜就会成为负担,甚至成为罪魁祸首了。

风中百合说得很有道理,像一缕清新的风,吹进我心里。我也说了实话,我玩农场把老婆气跑了。风中百合开导我,玩什么都不能过火,过火了,乐趣就成了过错。我们可以有爱好,不分雅俗,但要记住,玩玩可以,不能影响别人。若是影响别人,就算是高雅的爱好，你半夜弹钢琴练嗓子，肯定遭人谴骂。风中百合的话很有道理，也很中听。我们聊得投缘，聊天次数越来越多，我几乎每个晚上都能在网上看见她，她像是在等我。

风中百合每次都和我聊偷菜，既聊其中的乐趣，也提醒我要适可而止，不能过于沉湎。我开始认真思考风中百合的话，反思自己的过错。我已意识到，不怪朱非，全是我的错。风中百合说，如果意识到自己错了，就要付诸行动，不要再任性而为了。她说得对，我偷菜开始节制，减少偷菜的频率。有天夜里我起来偷菜，刚要偷，风中百合竟然现身，说，你咋不改呀？还半夜偷菜啊。我吃了一惊，此后我夜里坚决不偷菜了。又有一次，我上班时间偷菜，老板没发现，被风中百合发现了。我偷她的菜，留下了脚印。风中百合说，今天是周一，你应该好好工作，要是被老板发现了，罚款是小事，老板对你就没好感了。

我想彻底戒了偷菜，风中百合说那也没必要，有点爱好不是坏事，可以在晚上和周末偷嘛。我听从了她的话，只在晚上和周末偷菜。现在，我的睡眠充足了，工作也有劲了。风中百合说，男人在工作的时候最具魅力。我感觉风中百合是个睿智而可爱的女人，我有些动情，发了个玫瑰给她。风中百合回了个大笑的表情，说想女人了吧？快去接你老婆回家吧，是时候了。

风中百合说得没错，我真的想朱非了，一到晚上，感觉特寂寞。于是，我去了丈母娘家。朱非冷着脸，不理我。丈母娘很热情，烧了我爱吃的红烧肉。饭后，我让朱非回家。朱非哼了一声。丈母娘过来劝朱非，回家吧，谁都会犯错，给他个改正的机会嘛。

朱非回家了。晚上，我想和朱非缠绵，朱非故意躲我。我使了个激将法，我说你要不给，我找网友了。朱非果然中计，说你网恋了？我说还没有，不过关系很融洽。朱非一下从床上坐起来，

拽着我的耳朵说，她是谁？我哎哟哎哟地叫，我说我不知道她是谁，只知道她的网名叫风中百合。

朱非一怔，松了手，突然又拽起我的耳朵说，好你个何尤之，竟敢爱上丈母娘！听得我莫名其妙。朱非忽然笑了，双手缠着我的脖子说，你听清楚了，风中百合是我妈！

偷 粪

我小的时候，可没现在的孩子这么享福，我们白天上学，早晚要拾粪，人粪狗粪猪粪牛粪，我们都拾，然后交到生产队挣工分。我们才十一二岁，农活干不了，只能拾粪。背个粪兜，夹个粪勺，大村小庄地跑。现在回想起来，我的金色童年还充斥着一股臭不可闻的味道呢。可那时不嫌臭，见到粪就抢，生怕被别人抢了。

拾粪也有竞争，而且竞争激烈。大冬天的早上，满天星星呢，我们就出发了，穿个旧棉袄破棉裤，套个蒙面帽子，将头裹得严实，只留一双眼睛，脚上是双茅草编的茅窝鞋。天还没亮，什么也看不见，得带个手电筒。小孩子胆小，一个人不敢走，都是社教来叫我。社教重重地拍几下我的窗户，说，征锟，走啦。我听到声音，窸窸窣窣地点灯，再在被窝里焐一会儿，直到社教再催我，才钻出热被窝，和社教淹没在漆黑的夜里。

以为起得早呢，等到了庄上，就发现不时有手电筒的光划破夜空。我们碰到了立功和立胜，还有孝云和孝兵，早抢在我们前面，把一夜留下的粪便拾了一遍。但毕竟天黑，借着手电筒是不可能将粪便找个精光的,所以来晚了的我们并不气馁。但来晚了拾的粪肯定少,立功他们一早上拾了十来斤,我们只拾了六七斤。

有竞争,就有不正当竞争。拾粪亦是如此。拾不到粪了,就要偷。偷住户家的,偷学校的,偷生产队的,凡是能下手的地方,我们都偷。自然,生产队的粪最多,我们拾的粪都交在那里。不过,生产队的社场有牛大爹看场,不好下手。牛大爹是个老鳏夫,晚上睡不着觉,坐在牛棚里抽旱烟,抽一会儿,出来转一圈。再抽,再转,要转到十一二点才睡。我们就在社场附近玩,等牛棚里的马灯灭了,才去偷。偷来的粪,第二天早上再交还给生产队里。

这天晚上,到了十一点半,牛棚的灯才灭。我和社教悄悄地进了社场,悄无声息到了大茅坑边,开始偷粪。正偷着,听到有人说话。可侧耳细听,一点动静都没有。我们继续淘粪,社教耳尖,又听到说话声,像是从猪圈里传出来的。我说猪早卖了,猪圈是空的。别说是人声,连猪都不会哼一声。我们继续偷粪,粪勺不时碰在坑沿上,发出清脆的响声,在深夜里传出很远。

谁呀?牛大爹的声音蓦地像惊雷一样,在夜色中炸开了。牛大爹手提马灯,从牛棚里大步跑过来。社教低声说,快跑。我说不能跑,牛大爹结实呢,会被他追上。情急之下,我丢了粪兜粪勺,拉着社教一起跳进了猪圈里。猪圈的围墙蛮高,我们纵了几下,才跳进去。

猪圈里是安全的。社场边有芦苇荡,有水泥桥,还有玉米地,牛大爹当然不会怀疑我们会躲进猪圈里。然而,等我们跳进猪圈里,意外情况发生了。我们发现这不是空猪圈,猪圈角落的干草上,有两个黑影在蠕动。我说别怕,是两头猪!社教还是怕,吓得"啊"了一声。社教的叫声把我们彻底暴露了,牛大爹寻声过来,将马灯举得高高的,在猪圈上面晃了晃,狠狠地说,偷粪的,给我上来！我知道牛大爹岁数大，眼神不好，别说晚上，就是白天，看人也是模糊的。所以我拼命按住社教，躲在围墙的阴影里。牛大爹晃着马灯，又用不中用的眼睛往猪圈里瞅，见没什么动静，吼道，你出不出来？不要以为我看不见你，我都看到两个粪兜粪勺了，再不出来，我就喊人了。社教被牛大爹一诈，又想站起来，又被我按住了。谁知猪圈角的两个黑影突然站了起来。妈呀，竟是两个人。我和社教差点没被吓死。借着微弱的灯光，我认出了这两人，一个是军叔，一个是桂嫂。他们像没发现我们，军叔双手按在圈沿上，纵身一跳，爬出了猪圈。然后又将桂嫂拉了出去。军叔赔着笑，说，大爹对不起啊，桂嫂家口粮不够吃的，来偷点粪挣工分。她一个女人家不敢偷，叫我来帮她。大爹给您逮着了，粪兜粪勺您就没收吧，求您千万别报给队长。牛大爹心软，说，好吧，乡里乡亲的，我就不往队长那儿捅了。不过，粪兜粪勺是要没收的，也好让你们长个记性，集体的东西是偷不得的。

军叔和牛大爹的话，我和社教在猪圈里听得一清二楚。我们感到蹊跷，军叔和桂嫂为什么会藏在猪圈里呢？更不明白的是，他们明明没有偷粪，为何要承认呢？社教生气地说，他们承认了偷粪，可我们的粪兜粪勺被没收了。我说该感谢军叔，他帮我们顶了罪名呢。如果我们被大爹抓了，粪兜粪勺不一样要被没收吗？

等他们都走了，我们才悄悄地跳出猪圈。四周望了望，粪兜粪勺没了。我和社教边往回走，边叹气。走着走着，前面忽然站了个黑影，社教又啊了一声。黑影开口了，说，别怕，是我。我听出来是军叔。就军叔一人，没见桂嫂。军叔说，和你们商量个事，今晚这事，你们不要对任何人说，军叔奖励你们一人五分钱。这太出乎我的意料了。社教说，我不要钱，我要粪兜粪勺。军叔说那好办，明晚给你们。

军叔没有食言，第二天晚上果然给我们拿来了粪兜粪勺。

我们高兴了很长一段时间，也困惑了很长一段时间，还花了很长一段时间为军叔保密。等到后来的后来，牛大爹作古之后，我们才和别人说起那天晚上的事，可没一个人相信我们。这怎么可能呢？桂嫂是军叔的亲侄媳。军叔有那么大方吗？你们在编故事吧。

偷　豆

到了豆角鼓起来的时候，我们就可以吃青豆仁了。青豆仁可以煮菜粥、煮咸菜、煮鱼、煮面条、煲汤，反正有了青豆仁，口味就美了。不过，青豆仁长在生产队的地里，老百姓家没有。老百姓的自留地里种的都是自给自足的瓜角荠菜，不会种豆子。生产队里的青豆仁，又不是想摘就摘的，要想吃青豆仁，只有一个办法：偷！

偷豆，是我们小孩子常干的事情。田野里豆角鼓了，我们就琢磨着如何偷豆角。豆子地里都有看青的人，抓住了要受处罚。我们就瞄准看青的人，趁他一不注意，就溜进一人高的玉米地里。玉米地里间种着大豆，玉米又高又密，我们钻在里面不易被发现。等剥了满满一兜青豆仁了，再四处望望，确信没人，才从玉米地里溜出去。

这是冒险的事情，会有失手的时候。一次，我和社教趁看青的人没注意,钻进了玉米地里。约莫一刻钟,我们就剥了两兜的青豆仁。然后探出脑袋来,没发现看青的人,赶紧溜。刚跑了几步,看青的人哗啦从豆稞中冒出脑袋来,把我们逮个正着。看青的人是正哥。正哥说,小东西,我说豆角怎么越来越少呢,原来是你们在偷!我哆嗦着说,我们是第一次。正哥说,抓一次就是一百次!社教说,正哥,放了我们吧,以后保证不偷了。正哥说,放了你们?想得美,今晚把你们关进生产队的仓库里。我们都被吓哭了。生产队仓库里黑漆漆的,又不靠村子。这时我母亲路过这里,正哥看我母亲的面上,没收了青豆仁后,才放了我们,还警告说,以后再抓着,就真的要关我们了。

我们怎会不偷了呢?所有小孩都在偷,只不过没被抓住罢了。所以我们继续偷,不过改变了方法。每次我钻进玉米地里,剥青豆仁,社教在外面玩,看到正哥来了,就唱歌,我就深埋在豆稞里,不让正哥发现。等我偷好了,没发现正哥的话,社教就唱:“我们是红小兵,颗颗红心向太阳……”我就从玉米地里溜出来。

可有一次,还是失算了。社教老唱那首歌,就被正哥发现了秘密。有一次,社教唱:“我们是红小兵,颗颗红心向太阳……”我溜了出来,又被正哥逮住了。不管我们怎么央求,正哥都不放手,一手拉一个,将我们拉到了学校。我们的班主任是乐老师,乐老师见到我们俩,非常气愤,说给他的班级抹了黑。中午放学了,他不让我们回家,把我们留下来,在教师办公室里写检查。写了五遍,都说不行。写得我们手都酸了,肚子又饿。我和社教都哭了。乐老师不管这些,下午又让我们在班里读检查,还当着同学们的面批评我和社教。直到晚上掌灯,家人找来了,他才放了我们。到了家,我妈挺不高兴,和社教妈说,他一个民办教师,有什么了不起的?又不是公办教师!

这事之后，我们真的不敢去偷豆了。全校同学都知道我们偷豆的事，讥笑我们是小偷，我们抬不起头来。我们和人家打了起来，人家告到乐老师那里，乐老师把我们臭骂了一通。我和社教对乐老师恨之入骨，恨得连书都不想念了。

可我们怎么也没想到，我们堂堂的乐老师，竟然也会偷豆，而且也被正哥逮住了。

记得是星期六，公社李干事来了。李干事是公社的教育助理，权力很大，老师调动提拔转正，都归他管。所以李干事来了，从校长到老师，都小心翼翼地伺候着。谈完正事后，校长说中午别走，在这吃个便饭。

学校离街远，没什么好招待的，校长就差人去引河边，那儿有个打鱼的，称几斤鱼回来。李干事说，煮鱼可有学问了，要放芫荽，最好再放点青豆仁，鱼才有味呢。校长拍着马屁，说，李干事说得没错，就弄个青豆仁煮鱼。可青豆仁去哪弄呢？正是抓革命促生产的时候，青豆仁是不给摘的，必须长成黄豆，才给摘。校长找到乐老师，说，你去弄点青豆仁吧。乐老师有点犯难。校长说，李干事想吃呢，你好好表现，争取年内民办转公办吧。乐老师乐了，马上打起了精神。乐老师先来到教室，看看我和社教，又看看别的同学，什么也没说，就出去了。

乐老师后来说去偷青豆仁时其实犹豫了很久，想找个同学去偷，又觉得这是对祖国花朵的极不负责，还怕招来家长谴责，最后才决定亲自铤而走险。乐老师和正哥不太熟，也不知道谁是看青的。他是选择在没人在意的时候，溜进玉米地的。他没有趴在地上，而是用玉米秸挡着，一边张望一边摘。偷了两大兜，估摸够了，他就往外走。走出来时，就碰上了正哥。正哥的诧异和乐老师的尴尬就不用说了。正哥二话没说，没收了青豆仁，又将乐老师拽到了学校，找到校长。校长正好和李干事在一起闲聊。正哥说，难怪学生偷豆呢，原来老师也会偷，这样的人做老师，不是害了孩子吗？

校长看看乐老师，没说话。李干事不认识乐老师，惊讶地问，你是老师？乐老师红着脸，嗯了一声。李干事又问，公办民办的？校长说，民办教师。李干事说，那，明天就不用来上课了。乐老师愣住了，说，校长，我……校长说，让你弄点青豆仁，谁让你去偷的？

第二天，乐老师突然不来上课了，我和社教高兴不已。

偷　草

马嫂是队里的割草能手。马嫂割草挣的工分，比在地里干活的女人们要多得多。马嫂也是被逼出来的，男人三十五岁那年没了，撇下了马嫂和三个儿女。马嫂要养家糊口，在地里干活，挣的工分实在太少了。所以马嫂选择了割草。

马嫂割草割得好。马嫂做姑娘的时候，人家就说她是一把刀。她的镰刀漂亮，稍呈弧形，弯弯的刀身，细长细长的，锋利的刀口，闪亮闪亮的。马嫂蹲在地上，一蹲就是半天。她蹲过的地方，像野火烧过似的，寸草不生，光溜溜的。青草、芦柴、野藤、喇叭花、七角菜、野瓜秧，在她的身后，伏倒了一大片。蹲累了，马嫂才站起身来，将草儿秧儿装进背篮里，用手揣紧，用脚踩实。背篮儿太小，不够装的，马嫂在背篮上放了根绳，将装不进去的草儿用绳子绑在背篮上面。

马嫂割草的地方，不在马坝这一带。马嫂每天天没亮就动身，背着背篮起程，走上四里地，走到烧香河的大河滩上。这里离马坝远，马坝人一般不到这么远的地方割草。所以这儿的青草特别鲜美，特别茂盛，长得又高又密。马嫂蹲下身子，一声不响地埋没在草丛中，只听见镰刀的唰唰声，还有青草的伏倒声。不一会儿，背篮就装满了。马嫂还不想回家，尽可能多割点，反正有绳子，只要背得动，多少都能带走。马嫂一般都是过了午饭后，才疲惫地回家。

以前马嫂都是一个人来烧香河割草。夏天的时候，马嫂带上了二柱子。是二柱子妈让马嫂带上二柱子的。二柱子妈说二柱子书念不下去了，生产队里嫌他小了点，才十六岁，空有一身蛮力，可农活做不了，不如去割草吧。马嫂迟疑了一下。二柱子妈赔着笑，小声说，挣多挣少无所谓呢，省得他爹看他不顺眼。上次他和大明偷二婶家的鸡，差点没被他爹打断腿。

从此马嫂有了个伴。二柱子背个背篮，拿把镰刀，跟着马嫂到烧香河割草。二柱子笨，拿刀拿不稳，抓草像抓韭菜。马嫂说，抓多点草。二柱子就多抓了些，却只割了半截。马嫂说，刀要下埋，不能拦腰。马嫂边说边做示范。马嫂动作潇洒极了，左手一个优美的弧，抓一把青草，右手一个优美的弧，刀起草落。草儿像听马嫂话似的，纷纷就擒。二柱子学着马嫂的样子，蹲下身子，一镰一镰地割，割了半天，才割了大半篮。马嫂从草丛里露出脑袋，说慢慢来，不要急。明天把刀磨亮些，太钝了割不动。

天很热，草丛里密不透风，更闷燥。二柱子割了会儿，就去水边洗把脸。二柱子看马嫂，脸上都是汗，衣服贴在身上，凸凹毕现。

到了午饭时,马嫂带了几个熟山芋,两人坐在河滩上吃了。二柱子不爱说话,马嫂问什么,二柱子答什么。马嫂问怎么不上学了,二柱子说学不进去。马嫂问咋去偷鸡呢,二柱子说跟三明去玩的。聊了会儿天,再割了会草,二柱子的背篮总算满了。两人满载而归。

后来二柱子手艺好了不少,刀也磨得锃亮。到了河滩上,两人分头行动,各找地方割草。二柱子能听到马嫂的镰刀声,想象着马嫂的动作是何等利落。有一次,二柱子听见马嫂的刀声有些特别,比平时的声响大,又像是水声。二柱子很奇怪,便扒开草丛,悄悄望过去。岂料,二柱子看到了马嫂雪白的屁股。马嫂在解手。二柱子的脸都红了,吓得赶紧蹲下来,想去割草,可镰刀却不听使唤了。

之后二柱发现,马嫂每次割草几乎都要解手。马嫂说早上山芋粥喝得太多,尿就多了。二柱子听到马嫂那边的水声,心就扑通扑通地跳。

有次趁马嫂解手时,二柱子蹑手蹑脚地将马嫂割倒的草儿,抱了些装进自己的篮里。一次得手,二柱子就偷上了瘾。后来又偷了几次,马嫂都没发现。二柱子好不开心。不过有一次,二柱子未能得手。二柱子听到水声后,便伏在地上,悄悄扒开草丛,想观察马嫂的位置。结果,二柱子看到了马嫂雪白的屁股……二柱子没偷成。二柱子的心在狂跳,人也恍恍惚惚的,没了偷的心思。

这天的中午,天很闷热。吃了山芋后,两人分头割草。割了一会儿,二柱就听到了水声。二柱正准备伺机而动呢,马嫂突然尖叫起来。二柱子急忙跑过去。马嫂蹲在那儿,说,我的腿抽筋了,快把我抱站起来。她便倒在了二柱子身上。二柱子力气大,一下把软绵绵的马嫂抱站了起来。马嫂急道,我裤子……二柱子一看,马嫂裤子正要往下掉,慌忙去抓裤子,却抓了一把草。马嫂一把按住二柱子的手,说别动,疼!二柱子手里抓着草,一动不动。马嫂躺在二柱子怀里,眼光迷离地看着二柱子,说,二柱子,你偷了我的草!二柱子好紧张,说,马嫂,我没,我没……马嫂笑了,还嘴硬,人赃俱获,还说没?马嫂说你自己看,你手里抓了什么?二柱子往下看,吓了一跳,脸顿时红了。马嫂亲了二柱子一口,闭上眼睛,喘着粗气说,二柱子,偷吧,嫂子让你偷草呢……

二柱子的草越割越多,挣的工分也越来越多了。马嫂对二柱子妈说,二柱子挺会割草的。二柱子妈感谢马嫂,说,都是你教的。二柱子的脸一红,背上背篮,跟在马嫂的后面,去烧香河滩了。

偷 猫

在国庆黄金周到来的前两天,通往花果山风景区的山路上,已是行人如织,络绎不绝了。平时静得能听见风的脚步声的花果山,突然人声鼎沸,热闹非凡。原本空寂的山路,一下变得格外地拥挤。车辆拥堵得像蜗牛一样,一点点地向前爬行。上山的游客太多了,像浓密的乌云,一缕缕地往山上悠悠地飘着。

到了十点多钟,上山的游客又一缕缕地往山下飘了,一直飘到神山土菜馆。神山土菜馆就在花果山的山脚下,刚刚开业,老板就是我。我料到黄金周期间在花果山开土菜馆,生意一定火爆。可我没料到,离国庆还差两天呢,游客居然就这么多了。游

客们一波接一波地涌进了神山土菜馆，弄得我措手不及。厨师小聂边颠着大勺，边叫嚷着：豆腐没了，青菜没了，鸡蛋没了。服务员小蕙也叫了：米没了，油没了，餐巾纸没了。我急忙骑着电瓶车，一趟趟往集市上跑，缺什么买什么。

我去乐嘉超市买鸡蛋时，发现这里的鸡蛋居然没涨价，便一下买了十几斤。捡好了，过了秤，营业员说你有车吗？我说有，电瓶车。营业员说，那不能将鸡蛋装在塑料袋里，否则拎到家至少要碎一半。我说那咋办。营业员找了个空纸箱，说装在这里面，放在电瓶车脚踏板上，骑车要慢点，不然鸡蛋还会颠碎的。

我急匆匆地抱着鸡蛋箱往外走，还没出超市时，看到地上有个小小的空纸箱，歪倒在那里。我灵机一动，将鸡蛋箱压在了空纸箱上，一起抱着出了超市，然后放在电瓶车脚踏板上。一路上小心翼翼，在人缝中穿梭迂回，回到了神山土菜馆。到了土菜馆，厨工小尹检查了一下鸡蛋，一个鸡蛋都没碎。小尹看看下面的空纸箱，向我竖起了拇指，说，高明。随手一脚将空纸箱踢远了。

啊？猫！正在一边洗碗的姗姗尖叫了起来。然后跑过去，从那个空纸箱里，抱出了一只黄灿灿的小猫来。姗姗问我，你买的？我吃了一惊，摇摇头。姗姗说，你偷的？我再摇头。我说我只是偷拿了个空纸箱，我没偷猫。姗姗说，猫在纸箱里呀，那不还是偷猫？姗姗边说边将猫抱在了怀里。

小黄猫很漂亮，一身的橘黄色，四爪白白的，身上的毛特干净。猫伏在姗姗的胸前，拿眼睛瞪我。我说，咋办？给人送回去吧。姗姗说，土菜馆这么忙，哪有时间送？再说，一只家猫，谁稀罕呀。这时小蕙出来了，一看见小黄猫，拍手说，太好了，老鼠们的末日到了。便将猫装回了空纸箱，端进了贮藏室。

小黄猫到了神山土菜馆，就像到了天堂。客人们的剩饭剩菜,鸡鸭鱼鹅,任它品尝。尽管厨房里的老鼠们见了它如临大敌,它却对厨房里的天敌们视而不见。它像个千金小姐,过上了养尊处优的惬意生活。早上出来,它伸了个长长的懒腰,步履轻盈地从贮藏间走出来,然后轻轻地踱着步子,四处走走看看,或到楼顶上晒晒太阳,吹吹山风。到了中午肚子饿了,它懒得去觅食,等着小蕙将大鱼大肉倒进盆里,供它享用。饭后它再睡个午觉,睡到天昏地暗,用舌头舔着全身洁白的毛,等着晚上的客人散去,美味送来。

两天后,我又去乐嘉超市买鸡蛋,超市门前的一张启事吸引了我。这是个寻猫启事,失主丢了的,正是我偷的那只猫。失主承诺,若有拾到者送还小黄猫,必将重谢两万元。下面留了电话号码,署名是程小姐。

我的心扑通扑通地跳,连超市都没进,就回来了。

我让姗姗将小黄猫抱出来,又把小聂、小尹、小蕙叫了过来。我问他们,这是只什么猫?四个人都说,家猫。小聂补充道,也叫中国田园猫。我摇了摇手指,说,你们猜错了,这是只宠物猫。四个人呼地一下围过来,仔细打量着小黄猫。小黄猫喵喵地叫着,把尾巴翘得高高的。小聂说,波斯猫?我说,不像。小尹说,新加坡猫?我说,不像。小蕙说,埃及猫?我说,不像。姗姗说,哈瓦那猫?我说,不像。他们急了,说,你说是什么猫?我非常肯定地说,但它绝对不是家猫!

我睁大眼睛盯着小黄猫看,小黄猫也睁大眼睛看着我,惊恐万分地发出呣呣呣的低鸣声。我对小黄猫说,难怪你像个千金小姐,连老鼠都不逮呢,原来你是个宠物。你到底是什么身份?你的主人花两万块钱在悬赏你呢。小黄猫龇着牙,愤怒地扑向我。他们四个人忽地围了过来,小黄猫撒腿跑进了贮藏室。两万块?

小蕙拍手,说我们累了一个黄金周,也没赚这么多呀,还不赶快送回去?我呸了小蕙一口,要是能送,我早送了。猫是我偷来的,我再送回去,不是自投罗网吗?小聂说,对啊,你在超市偷了猫,超市的监控录像肯定能调出来,说不定就等着你上门束手就擒呢。小尹说,那咋办呢?总不能见着两万块不要吧?我说钱当然要拿,不过大家都动动脑筋,看怎么拿这钱。

小蕙第三天便领了个人来,对我说,把小黄猫卖给小亮吧,他愿意出一万五。小蕙说,我昨天领小亮去了乐嘉超市,他揭下了那张寻物启事。现在他付给我们一万五,把小黄猫卖给他。让他带着小黄猫,再去找失主程小姐领两万块,不是两全其美吗?小蕙的建议,几个人一致同意了。小亮拎起小黄猫,左看右看,很有点迟疑,说这只猫和普通家猫没什么区别嘛,能值那么多钱吗?小亮还是付了一万五,领了小黄猫。我再三叮嘱小亮,就说小黄猫是你捡的,别扯上我。小亮应诺着走了。我马上将一万五分了,见者有分,每人三千。

谁知第二天晚上,小亮就将程小姐领到了神山土菜馆。我有些紧张,以为小亮把我出卖了。小亮说,程小姐说这个猫原先是装在纸盒里,要给她纸盒,她才付钱。我们几个都伸过头问:为什么?你是要猫还是要纸箱?程小姐抱着小黄猫,坚决地说,别问那么多,我要纸箱,否则我一分也不给。小蕙进了贮藏室,将空纸箱拿了出来,说这下你可以付钱了吧?程小姐忽然扔了怀里的小黄猫,一把接过纸箱,紧紧地抱在怀里。

程小姐没有追问小黄猫是怎么跑到神山土菜馆来的。程小姐化悲为喜,转脸对小亮说,这个纸箱上有我家保险柜的密码。没有这个纸箱,我就打不开保险柜了。她又转脸对我说,我这人记性不好,所有密码都记不住,都记在一个本子上,本子放在保险柜里。保险柜密码我也记不住，只好记在这个纸箱上了，因为我每次出门，都会带着这个纸箱，纸箱里装着小黄猫呢。没想到前几天小黄猫居然拖着纸箱跑了，吓死我了。

小蕙说，说正事吧，你把两万块钱付给小亮。程小姐啊了一声，说，我先写个欠条，过几天就给钱，可以吗？小蕙说，你贴了寻物启事，你要是不给钱，我们可以拿这个启事告你去！程小姐说，怎么会不给钱呢？只是我现在没钱。小尹说，那你这不是骗人吗？程小姐说，我不骗人，我买了张彩票中了一等奖，就放在保险柜里。兑了奖，不就有钱了吗？

啊？我们几个人同时张开嘴，中了多少万？

程小姐拉下脸，说中多少钱关你们屁事，我给小亮写个欠条，保证半月内还两万。

程小姐写下了字条，递给小亮，说，字据为凭，尽管放心，我不会少你一分钱！说完，抱着纸箱和小黄猫，得意扬扬地走了。

我们都为程小姐高兴，希望她早日领到大奖，兑现自己的诺言。

五天后，小亮又带着程小姐来了。程小姐脸色煞白，怀里抱着纸箱和小黄猫，哭得泪涕满面。我问，怎么啦？小亮沮丧地说，她的记性太差了，居然将自己的彩票号码记错了，还以为得了一等奖中了一百万呢。程小姐哭着说，我记得我买的彩票号码是我爸的生日，可打开保险柜取出彩票一看，竟是我妈的生日！如果是我爸的生日，我就中一百万了。我拿什么兑现承诺啊？程小姐哭得很凶，我们劝都劝不住。小亮问我，你看这事咋办呀？要不我把纸箱和小黄猫退给你们，你们把钱退给我？我看了看小聂、小尹、小蕙、姗姗，一个个都冷着脸。我想了想说，既然程小姐没中奖，咱就把一万五退给小亮吧。程小姐抹干眼泪，挨个从我们脸上扫过去。她看到的,都是不情不愿的脸色。程小姐说,求你们帮帮我吧,要不等我发工资了,我给你们两千块,算是我赔偿你们的损失。

我觉得这件事完全是我引起的。如果不是我偷了她的猫,就不会发生这么多的事情。于是我说,钱由我来退吧。我掏出钱包,准备付钱。这时,另四只手也静静地伸了过来,每只手里都拿着三千块。我很感动,承诺说,今年的年终奖,每人多给三千。

程小姐不好意思了,说,太感谢你们了,今晚我做东,就在神山土菜馆请大家吃一顿!

偷　税

爱丽斯和紫竹斋是紧挨着的两家水晶店。两家虽说是鸡犬相闻,关系却一向不和。原因很简单,竞争呗。顾客进了爱丽斯,紫竹斋老板老屈心里不舒服。顾客进了紫竹斋,爱丽斯老板老常心里不是滋味。向顾客推销商品时,都会抬高自己,贬低邻居。传到对方耳朵里,谁听了不生气?老常和老屈是低头不见抬头见,都是横眉冷对,形同陌路。

顾客来爱丽斯挑选水晶时,说,这儿价格贵了,没紫竹斋的便宜。老常差人过去看看,还真是这么回事。老常降了价。过了几天,老屈也降。老常马上再降,老屈跟着降。老常算了算,这么降下去,准赔!可老屈咋能一直降呢?眼看进紫竹斋的顾客越来越多,老常很是纳闷。

老常不断差人去紫竹斋打探,将得来的情报信息进行分析。进货渠道是一样的,那么进货成本就不会相差太大。两家店面紧挨着,房租水电也差不多。两家都雇了四名员工,工资水准也差不多。老屈究竟赢在哪里呢?

后来,老常悟出来了:老屈在税上有文章!老屈的女儿婷婷在国税局上班,什么税都免了。紫竹斋卖水晶从来不开发票。顾客要发票呢,老屈就说不要票可以便宜。实在要发票呢,老屈早准备了许多吃喝玩乐的发票,任顾客挑选。可爱丽斯每个月要交上万元的税收,卖出的水晶制品,不但有保单,还开正规发票。

受了紫竹斋的启发,也是被老屈的低价所逼,老常也开始在税收上做文章了,尽可能不给顾客开发票,少缴税。如此一来,两家的商品价位基本平起平坐了。

过了三月,税务来检查了,说有人举报了爱丽斯。肯定是老屈干的!刚才税务人员进门时,老常就看见老屈勾着头朝这边望呢。老常也想举报老屈,可一想他女儿在国税局,举报有啥用呢?老常只好憋着。

税务人员要看账,老常好话说了一箩筐,又递烟又泡茶。老常谎称没会计没建账。税务人员就按照过去申报的税额补收,加上罚款,一共四万多。老常傻眼了。

即便如此,老常也没有停止偷税。不偷税,如何与老屈竞争?只是少偷点罢了。

紫竹斋继续玩价格战,把价格压到最低,生意红红火火。爱丽斯在质量和服务上狠下功夫,但生意还是被紫竹斋抢走了许多。老常唉声叹气,无计可施。

老常在发愁的时候,女儿娟娟考大学了。老常首先想到了税务学校。如果娟娟学了税收,将来就能帮他想出许多偷税高招

来。到了秋天，娟娟果然考进了税务学校。

一转眼，娟娟三年大专毕业了，老常有救了。老常委曲求全地与老屈抗衡了三年，爱丽斯的生意一直不冷不淡。现在娟娟毕业了，老常先四处活动，将娟娟安排进了税务所工作。接着，老常将自己的账交给了娟娟。老常再三叮嘱，要将账做得滴水不漏，最大限度地少交税。娟娟说，爸，你知道税收的作用吗？老常说，不就是养活那帮公务员嘛。娟娟说，税收作用可大了，大到国家稳定发展，小到百姓安居乐业，都靠税收作后盾呢。老常摆摆手，说我管不了那么大的事，我就管我自己养家糊口。娟娟几次想和爸爸谈税收，都被老常挡了回去。

在娟娟的运作下，爱丽斯的税收每月少了几千块钱。老常问娟娟，不会被查出来吧？娟娟说，不会。老常竖起大拇指，到底是学税收的大学生，就是有办法。老常开始压价，和老屈打价格战。老常降，老屈也降。老常再降，老屈跟着降。不管老常怎么降，老屈总比他低。老常奇怪了，问娟娟能不能再少点税收？娟娟说没办法了。

老常斗不过老屈，心里不服输。老常决定举报老屈，心想你女儿又不是局长，还能一手遮天呀。

税务局接到举报，上门查了紫竹斋的账，但并未发现税收有问题。老常一口咬定紫竹斋偷税了，还怀疑税务人员庇护老屈。无奈，税务人员将老屈和老常叫到税务局调解。婷婷和娟娟也来了。老屈说老常，你把价格压那么低，我还怀疑你偷税呢。老常脸一红，梗着脖子说，你可以查账！

娟娟将账本带来了，捧给税务人员。税务人员翻了账，再翻申报表，每月都交税了，一万块左右。老常听说交了这么多，拉过娟娟问，你也没少交税呀？娟娟点点头，一分没少。我每月工资和你给我的零花钱,都贴上交税了。娟娟说,爸,我是学税的,我知道按章纳税多重要。不是说纳税光荣,偷税可耻吗?咱不能丢人吧?老常蔫蔫地垂下了头。

婷婷过来对老常说,常叔,我爸以前确实有过偷税行为,后来在我的劝说下就改了,都是依法纳税。至于价格低,是因为房东和我爸是合伙人,不用交房租,所以玩得起低价,其实利润是两个股东分的,赚的未必有您多。

老常这才恍然大悟。娟娟说,远亲不如近邻,两家还是好好合作吧。

偷　碗

大牛要去镇上,培晓跟在他屁股后面说:“至少要买三百个,记住哟,青花的。”大牛说:“尽扯淡,买那么多干吗?”培晓说:“你懂个啥呀,咱牛尾村五六百户人家呢,谁不想沾点老太爷的福气啊!”大牛瞪着眼说:“那只碗不是……”大牛的嘴被培晓一把堵住了:“这事千万不能说破,记住!”

大牛的爷爷过世了,培晓心里乐开了花。不是培晓不孝顺,其实培晓对老太爷可好了。牛老太爷活了一百零五岁,自打大牛母亲八年前去世后,照顾老太爷的活儿都落在了培晓这个孙媳妇身上。培晓对老太爷很好,热汤热水地伺候着。牛老太爷的命硬,先把大牛他妈给伴走了,活到一百岁的时候,又把大牛他爹伴走了。大牛的父亲活到了八十岁,在牛尾村是大寿了。大牛父亲

死的时候,牛尾村沾亲带故的都来了,非亲非故的也来了,出份薄礼,多则五十,少则二十。大牛和培晓算了算,收礼收了三千多。当时大牛买了一百个青花碗,结果不够用。牛尾村就这么个风俗,村里长寿的人死了,凡是出了礼的,都可以领一只长寿碗。有了长寿碗,一家人就能长寿。长寿者生前用过的旧碗,自然要混在这一堆新碗中,谁得到了那只旧碗,谁就真长寿了。

培晓心里早有打算,等老太爷死了,至少能赚他一笔,所以培晓对牛老太爷照顾得仔细,巴不得牛老太爷能活上二百岁呢。牛老太爷生前用的是青花碗,用了几十年,碗内呈深褐色,碗外是几朵青色的小花。培晓十分爱护这只碗,这是老太爷的宝贝,更是培晓的宝贝。哪一天老太爷闭了眼,这只碗就成抢手货了。

牛老太爷身体一直硬朗,直到生命的最后,也没生过什么大毛病。老太爷是在一个早上起来散步时倒下的,倒下了就再没能爬起来。这个消息马上传遍了牛尾村,马上就有人送礼来了。大牛和培晓几乎来不及悲痛,便忙着应付亲友了。培晓让大牛赶紧去买碗,自己忙着接待客人。大牛买了三百个新碗,直到天黑才推着车子回来,他俩连夜将碗用报纸分别包上。第二天,丧事办完了,客人们拿了碗才陆续离开。

晚上,培晓和大牛在灯下点票子点得手都哆嗦了,乖乖,赚了七千多。

半个月后,村里的二虎对外宣称,他拿到了牛老太爷的青花碗,要搞拍卖,底价一百。消息传出后,大明第一个想买碗,他要买给他爹。大明他爹常年生病,又没钱看病,买了长寿碗,是指望他爹能多活几年。

大牛奇怪了,对培晓说:“二虎怎么有老太爷的碗呢?”培晓说:“他扯淡呢,一会儿我去看看。”

培晓去了二虎家，二虎正和大明谈价呢。大明急急地说："我出一百。"二虎只是眯着眼，笑而不答。大明急于买碗，说："二虎，你倒是说个话呀！"二虎仍是嘿嘿地笑，他心里清楚，这碗不是普通的碗，是牛老太爷用过的。牛老太爷是牛尾村最高寿的，他用过的青花碗肯定值钱。至于到底能值多少钱，二虎心里也没底，但一百块卖给大明，二虎觉得亏，所以他要等一等，看会不会抬抬价。

二虎正犹豫着，转身看到培晓，心里乐了：瞧，抬价的不是来了吗？幸亏刚才没答应大明。二虎对培晓说："嫂子，我就等着你来把这碗赎回去呢，这可是你们牛家的宝贝啊！"培晓一笑，说："我先看看碗。"二虎拿出碗，培晓一看，点点头说："没错，是俺家的碗，不过嘛……"

培晓话没说完，一个高嗓门插了进来："二虎，牛老太爷的碗，我要定了！"

培晓一回头，是光子。光子是牛尾村的有钱人，在外跑了八九年的运输，赚了不少钱。光子来了，这好戏可开始了，仨人飙起了价。二虎的脸上乐开了花，心想：没有三百块，谁也甭想拿走这碗。二虎明白光子的心思。光子全国各地跑运输，天天把命提在手里，青花碗对光子来说实在太重要了。

到底是有钱人，光子出手确实大方，一直将价格喊到五百，把大明彻底喊蔫了。大明一把鼻涕一把泪地走了，边走边说："爹啊，儿子不孝，没能耐给您拿到长寿碗，儿子对不起您……"光子看大明走远了，不屑地说："这种人，五百块都舍不得出，还想长命百岁？哼！"又回过头得意地对二虎说："咱不怕没钱，就怕没命，钱没了可以再挣，命没了啥都没了。"说完，从钱包里抽出五张百元大钞，用力拍在二虎的桌上。二虎赶紧小心翼翼地将青花碗双手捧着递给光子。

光子恭敬地接过青花碗,仔细打量着,这碗看上去与别的碗并无特别之处,外面是青花,里面呈褐色。碗很普通,没一点光泽,还不如自家喂鸡的碗光亮呢。但这是牛老太爷用过的碗,光子算了算,我才四十五岁,离牛老太爷一百零五岁还有六十年呢。光子咧嘴笑了:再活六十年,我得好好规划,要再挣它个百儿八十万的,再娶个二十岁的小老婆,生个儿子,再……

待光子走后,培晓咯咯地笑了,笑得二虎全身发毛。培晓问二虎:"你这青花碗哪来的?"二虎说:"你家送的呗,老爷子去世那天,我不是送礼了吗?"培晓偏着头,看着二虎笑,说:"那天送出去的,全是新碗,没一个旧碗。你告诉我,俺家的旧碗咋在你这儿了?"二虎面露难色。培晓认真地说:"你不说,我就去告诉光子,那只碗是假的。到时候,那五百块就得乖乖地退给光子了。"

二虎慌了,说:"嫂子,别别别,有话好说,有话好说。"二虎坦言,他早就瞄准了牛老太爷的青花碗,他说:"我倒不是想长命百岁,活那么大干吗,不是受罪吗?我就想拿青花碗狠赚一笔。还记得有一天我给牛老太爷送饺子吗?我说要给老太爷装碗水饺,你就给了我那只青花碗。到家后我就换了,将自家的一只旧青花碗装了水饺送给了牛老太爷……"培晓听后扑哧一声笑了,二虎不明所以,傻傻地看着培晓。

培晓领着二虎到了自家,从碗橱里翻出几个碗片来,说:"这才是老太爷生前用的碗。""啊?"二虎不解地望着培晓。培晓说:"就在你送水饺的那个上午,老太爷的碗让我儿子不小心摔碎了。老太爷一贯视碗如命,我怕被他发现了,就另找了个青花碗。老太爷还没来得及用呢,就被你拿走了。你卖给光子的,就是那只碗。"

二虎愣住了:“那……我送来的那只碗呢?”培晓一指墙角:“在那呢,喂猫用了。老太爷嫌轻了,一次也没用过……”

偷 鞋

如果让我做小偷,你给我十个胆儿,我也不敢。可我却成功地做了一回小偷,做得轻而易举,做得名副其实。这天下午,我在街上逛,逛了一小时,从扬子江中路拐上四望亭路。这时,我感觉左手的食指有点累。手指咋累了呢?我莫名地低头看,吃了一惊,左手的食指上,赫然地勾着男式皮鞋。不是一双,是一只。想起来了,一小时前,我在一家鞋摊上,想给老公挑双皮鞋,挑来挑去没合适的,就没买。却不知道这只皮鞋咋就被我勾在了手指上,而且勾了这么远,竟然没发觉。这是咋回事呢?我想得满脑子发胀,也想不出所以然来。

不去追究了,先把鞋子给人家送回去,否则我这小偷就坐实了。我沿着四望亭路返回,顺着扬子江中路走,一直走到那个鞋摊。摊主是个三十来岁的男人,诧异地看着我。我说我是来还鞋的,刚才无意中带走了这只鞋子。男人冷漠地瞟了我一眼,又瞟了一眼我手上的鞋子,揶揄道:要是拿了一双,你肯定不送回来了。拿一只没用,才送回来的吧?我笑笑,懒得反驳,本来就是自己的错。我将鞋子放在摊铺上,然后轻松地走了。走了十来米,男人又追了上来,手里还提着那只鞋,堆着笑说,小姐,你不能就这么一走了之吧?我纳闷,问,有啥说法吗?男人说,刚才您拎走了这只鞋,我只好把那只鞋给扔了。现在您送回了这只鞋,可那只鞋没了。你说这一只鞋,我卖给谁啊?我一愣,没想到会发生这事,想想,是这么个理儿。我说,哪咋办呢?男人作苦笑状,说,只好请您买下了。啊?我说我买这一只鞋给谁穿啊?男人说那我留这一只鞋,卖给谁啊?我点头说,是啊,一时没了主意。男人始终保持谦恭的笑容,说,这事是您弄出来的,所以只好委屈您了,总不能让我赔钱吧?他说的也是。只是,我买了有啥用呢?男人说,说不定您老公哪天丢了只鞋,正好配上呢。我笑得肚疼,说扯淡,哪有丢一只鞋的?再说,也没这么配鞋的呀,一脚新一脚旧,穿着不让人笑死呀?说完我就捂着嘴笑了。男人趁我笑喷的工夫,煽风点火,煽得我不情愿地打开皮夹,花一双鞋的钱买下了一只鞋。

我还是用一个手指,没精打采地勾着一只鞋,沿着扬子江中路走。如何处置这只鞋成了我的心病。盘想了一路,我也没个主意。我先是想到了扔。扔吧,实在可惜,簇新簇新的,锃亮锃亮的,像个可爱的婴儿,咋舍得一弃了之呢?不扔吧,带回家去吗?当然没法穿,还要招来老公一顿臭骂。花了百十块钱,买了一只鞋回来,算哪门子事啊?

从四望亭走到淮海路,我忽然有了主意。我想到了一个男同事。男同事是个瘸子。原本又高又帅的哥们,在一次车祸中捡了一条命,却丢了一条腿,整天拄着拐,弄得挺惨。他出车祸那会儿,我们同事几个去他家看望过,知道他住这一带。他的个子和我老公差不多,那么脚也应该差不多。他丢了的是左腿,我看看鞋子,正好是右脚的。太巧了,这只鞋子总算找到主人了。

凭着记忆,我敲开了同事家的门。

开门的是个女人,长得还不赖。我说了同事的名字,女人先打量我一番，才点点头，说他没在家，有啥事吗？我说，给他送双……送只鞋。我扬了扬手中的鞋。送鞋？女人愕然，说，你知道他的脚多大吗？我说，不是四十三码吗？我老公就穿四十三码的。女人警觉地说，你咋知道得这么清楚呢？我说我猜的。女人突然笑了，笑得我全身发毛，然后便巧舌如簧地向我发起了进攻。你猜的？谁信啊？你猜我男人的脚干吗？猜他的脚有多大，然后就买只鞋送来？一猜一个准啊，不怕猜错了吗？我说我真是猜的，你老公和我老公个子差不多。女人说你老公和我老公差不多，就可以随便送鞋吗？再说，送鞋有送一只的吗？另一只留给你自己老公穿呀？女人话中有话，带着强烈的不满，弄得我很是尴尬。咳，我这不是自找麻烦吗？好心办坏事。我耐心地解释，说了事情的经过，以为女人能理解我的这番善意呢。女人却说，你不好处理了，才想起送我老公啊，这不明摆着瞧不起人吗？我们再穷，也不稀罕一只破鞋！一边说，一边用不怀好意的目光，在我身上扫来扫去。

晕！我这不是自取其辱吗？早知这样，宁愿挨老公一顿臭骂，也不遭这女人的白眼！我拎起鞋，气呼呼地往回走，不问不顾地回了家。老公正好在家，一见我，不解地问，咋弄了只鞋回来？我哼哼地说，买的！老公说，还有一只呢？不知道！我砰地关上房门，以攻为守，先发制人，把老公晾在了门外。

晚上，心情平息了，我和老公说了实话。老公并不怪我，说算了，不就是百把块钱的事嘛，没什么大不了的。你同事的老婆不要，我们自己留着！留着？我反问，留它干吗？等你将来瘸了再穿啊？老公拧了拧我耳朵，说，扔了不是可惜嘛，就留着呗，或许将来能派上用场呢。我听了老公的话，将一只鞋包好，放在鞋柜里。

后来，山区地震了，各地都忙着捐款捐物。我和老公也捐了钱和物。老公突然想起了那一只鞋，说，把鞋也捐出去吧。我说，扯啥呢，哪有捐一只鞋的？老公说，地震了，一定会有人伤残，这一只鞋，肯定能派上用场。老公说得对呀！我咋没想到呢？遂将一只崭新的皮鞋拿出来，去了捐款现场。正在登记，电视台记者过来了，听说我捐了一只鞋，当即采访了我。当天晚上我就上电视了，主持人称赞我，说我心系重灾区，情系残疾人，是位情深心细体贴入微的好市民呢。

第五辑

和往事干杯

十字绣

我们是在网上认识的。她叫"庭前见花开",我叫"举却阿堵物",都是网名。网名有时能表明一个人的心境,我们就是因为欣赏彼此网名,才加了好友。她特地在电脑上查过我网名的含义,说,哟,这年头,还有你这么视金钱如粪土的人啊,太了不起了。我说我有什么了不起的,只不过从不拜金,从不唯利是图罢了。她说哦,那你也很了不起哦。她又问我做什么的,我说穷打工的。她说打工怎么了?伟大出自平凡嘛。看来,她读过不少书。她说她也是打工的,就在我们这座城市里打工。

我以为她是在工厂里打工。她说不是。她说她给自己打工。我便明白了,是个美女老板。她说不是,她是给这座城市打工。我闹糊涂了,不知所云。我想她大概是个清洁工吧。看她的资料,年方二十六。这么年轻的女孩,应该不会从事扫大街这个职业吧。怕伤她的自尊,我拣了好听的,疑惑地问,你不会是城市美容师吧?她发了个哈哈笑的表情,说,算是吧。我说,工作累吗?她说,不累,也不轻松。我说,挣钱多吗?她说,不多,也不少,够混日子的。我问,忙不忙呢?她说,不忙,也不闲。其实忙点好,人不能闲着,闲着就事多。我说,喜欢自己的职业吗?她说,有时喜欢,有时不喜欢。干一行,怨一行嘛。我说有什么宏伟目标么?她说,有啊,想在这座城市里,拥有一套自己的房子,有个立足之地。这便是我的宏伟目标啦。

不论何时，只要我们在网上相遇了，她都抱之以乐观向上的心态，先发个伸舌头的调皮表情，算是打招呼。然后，聊她的开心事。她有说不完的开心事，她对我讲故事，说笑话，谈见闻，或说她和老公的恩爱，说女儿的天真活泼，字里行间洋溢着欢乐，无忧无虑，无烦无恼。她告诉我，她在绣十字绣，绣了两三个月了，还没绣好，都是见缝插针抽空绣的。她说看到布料上绣出图案和文字来，心里特别地美，特有成就感，那可是自己一针一线绣出来的。我说，学十字绣好，现在的女孩子，都把中国妇女的光荣传统都丢得差不多了，不会做饭，不会缝补，不会做鞋，就知道唱歌跳舞做粉丝了。谁说的？她马上反驳，没有调查，就没有发言权。我会裁缝，会农活，会做饭，会烧菜。除了红烧肉，其他我都会做，包子、馒头、水饺、面条，我也会，不信你啥时来尝尝我手艺！我说，你的做菜手艺我就不尝了，你十字绣的手艺，我倒想见识见识。她说，那好，等我绣好了，送你！她说话很干脆，一点不打折扣。我吃了一惊，我说，你辛苦那么久，舍得送我啊？她说，当然，还有什么比友谊更重要的呢？

就这么聊了个把月，我没见她有过什么不开心，从不抱怨或者发牢骚。我说，你好像没啥烦恼。她说，谁没有喜怒哀乐？只是不去想罢了。想那些不开心的事干啥呢，生活中有那么多开心的事，为什么不去尽情享受呢？

聊得多了，对她的情况了解得就多了。她在我们这座城市里开了一家理发店，老板和员工都是她一人。提到理发，我本能地会想到灯火暧昧的发廊。晋辰大道上，有十几家发廊，一到晚上，发廊妹就像老鼠一样出洞了，穿着薄而少的衣衫，抹着浓而艳的化妆品，如城市的夜莺，寻觅着寻欢作乐的猎艳者们。我说开发廊，生意一定很好吧？她说，不知道！我这儿不是发廊，也不是美容院，就是普普通通的理发店。她说我喜欢理发店这个称呼。我只理发，染发，烫发，洗发，不干别的。我说我也只理发，染发，洗发，不干别的。她笑了，说，欢迎光临！我说会的，过段时间去找你。

头发长长了，我去了她的理发店。店面不大，就一间房子，一览无余。门庭前有一盆景，长得葱绿葱绿的。我认得那是绿萝。我忽地想到她的网名，庭前花开，大概缘于此吧。进了店里，但见一女子穿白色长衫，在给客人剪发，想必就是她了。她不认识我，淡淡地说，请坐，稍等。趁她忙活的当儿，我觑视了她。她有一张素净淡雅的脸，有一双别有风韵的眼睛。她的皮肤细嫩，唇红齿白，鼻子坚挺而玲珑，眼睛大大的，黑黑的，明晰的双眼皮，长长的眼睫毛，是一位理所当然的美女，惊而不艳，美而不俗。当然，我之前就意料到了，干发艺这一行，多是美人胚子。她却又有些不同，不施粉黛，不涂红唇，自然而然，无半点矫揉造作之态。除了发梢上飘着淡淡的清香外，身上连化妆品的香味都没有。她的一袭白衣，恍如天使般的小护士，文静、端庄、淡定，平添了几分优雅和亲切。

送走了客人，她给我理发。她抖抖大围裙，将头发抖落，给我围上。她问我剪多长，什么发型，然后在我头发上喷上水，开始剪发。一手拿剪，一手拿梳，动作麻利，干净利落。不时端正我的脸，看剪的效果如何。我们边剪边聊，当然，我没有暴露身份。她问我做什么工作，有什么爱好，爱看韩剧不。我说不爱韩剧，爱看新闻。对于新闻和政治，她没什么兴趣，只是听我说，不表态。她说她是小女人，小女人只关心生活琐事，吃喝玩乐，喜悦哀愁，其他的事，就管不了了。她的话题很生活，谈了爱情谈婚姻，谈了孩子谈老公。她说她每天下了班，要给老公做饭，给女儿洗澡，还要刷锅洗碗，洗衣服，收拾完毕了，才能坐在床上看一会儿电视，看不了多久，就睡着了，还总忘了关电视。她说她老公辛苦，在广场摆地摊，风打头雨打脸，一月能挣个千儿八百。我问她一月能挣多少。三千块吧。她快人快语，脱口而出。我笑着问，晋辰大道的小姐们，肯定不止这个数吧？她笑了笑，不知道，我干的是苦力活，不与人家攀比。我说你比她们漂亮多了。她抿着嘴笑，说你也挺帅呀，不也没做那事吗，各有各的活法呗。再说那些发廊妹，吃青春饭，容易吗？不都是生活所逼吗？我说也不尽然，也有不劳而获的，怕打工太累，去做发廊妹的。她说她就认识一个这样的打工妹，原来在工厂打工，嫌钱来得慢，来得少，便做了小姐。要那么多钱干吗？够生活的就行了呗。她说她容易满足，喜欢平淡，过简简单单的日子。

理完发，镜子里照出了一个崭新的我，精神、朝气。她说，蛮帅的嘛。我说，这是夸我呢，还是夸自己的手艺呢。她开始扫地，洒水，叠围巾，又给绿萝浇了点水。她说她喜欢绿萝，好养不娇乖，不争吃，不争喝，给点阳光，它就绿了。我说和它的主人一样吧，喜欢简简单单的生活。她莞尔一笑，又拿起十字绣，一针一线地绣了起来。我问是给谁绣的，她说是送给网友的。她没怀疑我就是那个网友。我戏谑地说，男朋友吧？她睁着大大的眼睛，认真地说，我从不搞网恋，放着好好的日子不过，搞什么网恋嘛。

之后我和她仍在网上聊天，也来理发。她也不问我是谁，依然是不咸不淡地说着，笑着，平和而快乐。不只对我，对所有的顾客，她都这样，想说就说，想笑就笑。有些无聊的顾客，想占她点便宜，她克制着不满，搪塞过去，不给他们机会，或者开个玩笑，让他们去晋辰大道。没有顾客的时候，她就绣十字绣、看书、听歌，或者看绿萝。她在网上和我说，她很满足于自己这种自由自在小富

即安的生活,至少比工厂里的打工妹强吧。她笑着自嘲,她这人胸无大志,没有过多的追求,只想拥有一套房子,再就是希望将来能和老公开个小超市,不让老公风吹日晒地摆地摊了。仅此而已。

进入腊月,她的十字绣完工了。那天,我又去理发。她照例忙碌了大半个小时,帮我理好了发。然后,将十字绣包好,递到我手上。我这一惊,非同小可。她抿着嘴笑,说,早就识破你啦,“举却阿堵物”先生!你的语言,和你网上的文字、风格是一样的。我像被扒光了衣服,好不尴尬。我说,你为什么不早说破呢?她说,何必说破呢?我喜欢顺其自然,自然才是美。比如这绿萝,看上去就很自然,简简单单,却绿得原始,绿得透彻,绿得清新不俗,绿得赏心悦目。如果你非要看个究竟的话,那你肯定会发现,它的叶子有尘埃,它的茎干有破伤,它的根部尽是土,岂不是破坏了生态美?

我徐徐展开十字绣。粉红色的背景图案中,左侧绣着一树绿萝。在绿萝的右面,是两行娟秀的小字:举却阿堵物,庭前见花开。我笑了,从没想到我们的网名,竟能顺成一句诗来。

吉祥如意

“咦,你怎么会在这里?”胡老板在二胡药店里转了一圈,转到杜禹依的面前时,吃惊地问。杜禹依漂亮的睫毛眨了眨,笑眯眯地说:“老板,我是刚来的营业员。”胡老板疑疑惑惑地说:“你不是在一胡药店上班吗?”杜禹依莫名地摇摇头:“没有啊。”胡老板又咦了一声，说："你叫杜月娥，对吧？"正好店长婷婷走了过来，嗔声说："你干吗一惊一乍的？她叫杜禹依。"杜禹依掩口而笑，说："杜月娥是我妹，她在一胡药店上班。""哦——"胡老板若有所悟，"你俩长得太像了。""我们是双胞胎，别说是您，就是我们父母，也常常分不清。"杜禹依指着脖子上的翡翠挂件说："我戴的是吉祥，妹妹戴的是如意。这样就好分了。"胡老板呵呵笑了："好好好，吉祥是姐，如意是妹。这下分得清了。"婷婷咯咯地笑了。

婷婷是胡老板的二奶，被包养好几年了。胡老板开药店赚了钱后，看老婆娟娟就不那么顺眼了。其实娟娟长得不差，但这几年跟着胡老板进货、上货、忙经营，跑了不少路，熬了不少夜，人就没那么水灵了。胡老板看娟娟不顺眼了，就包了婷婷。婷婷当时是一胡药店的营业员，娟娟是店长。婷婷长得漂亮，身材跟模特似的。胡老板动了心思，就在娟娟的眼皮底下，包了婷婷。包了三年，婷婷不想当笼子里的金丝雀了，说也要开药店。胡老板开始不答应，婷婷在床上略施小技，胡老板就乖乖就范了。二胡药店开业了，娟娟才如梦初醒，于是大闹天宫，和胡老板闹了个天翻地覆，和婷婷闹了个翻江倒海。闹到最后，娟娟筋疲力尽了，为了家，为了胡老板的声誉，娟娟不闹了，只提了一个要求：二胡药店的规模必须小于一胡，投资只能维持现状，不得追加资金。胡老板答应了。

在所有的店员中，婷婷最欣赏杜禹依。杜禹依说她学过药剂，为人也机灵，能说会道，热情大方，介绍药品头头是道，口若悬河。杜禹依也有个缺点，上班喜欢发信息。杜禹依解释说："这些日子奶奶病重，无人关照，我和姐姐轮流照应，发信息是了解奶奶情况的。"

有一次,胡老板来了,对婷婷说:“奇怪呢,一胡的药价每天都比二胡低一点,咋那么准呢?”婷婷说:“我哪知道?市场这么大,你老婆没必要跟我们较劲吧?”胡老板点点头,说:“上次二胡进了八万块钱的货,娟娟也知道了,说一胡从没进过那么多的货,还和我闹了。”婷婷说:“她咋知道的?莫非是营业员讲出去的?”一提到营业员,婷婷想到了杜禹依,她妹妹不是在一胡吗?娟娟将杜禹依叫到了办公室,但杜禹依否认了。杜禹依说:“我和妹妹少有机会交流,虽然都住家里,但碰面少。我和妹妹都是半天班,我休息,妹上班。妹休息,我上班。即使碰上了,也顾不上说店里的事。”

店里没顾客的时候,婷婷喜欢和杜禹依聊天,聊女孩子的事情。聊多了,两人就走近了。婷婷渐渐发现,杜禹依现在不但工作更认真,而且不发信息了。杜禹依解释说,她奶奶现在病情稳定了。婷婷更信任杜禹依,便敞开心扉,和杜禹依讲自己的事,讲自己的无奈和茫然。

“我该咋办呢?老胡四十五了,我才二十二,不能就这样下去吧?”婷婷说。“那,你想离开老板吗?”杜禹依试探着问。婷婷说:“当然想,可离不开呀。”“为什么?”杜禹依问。婷婷说:“二胡药店投资了一百多万,老胡舍得把店给我?”杜禹依说:“老板总得给你一笔钱吧?”婷婷点点头:“老胡说了,二胡药店一半财产归我。”杜禹依说:“那另一半算你借老板的,要么就算他的股份。”婷婷说:“不知道老胡答应不?”杜禹依笑:“只要你这么想,就不怕他不同意!”

婷婷又说起了娟娟:“其实我不恨娟娟,我理解她。她和老胡辛苦打下的江山,我来坐享其成了,她能不火吗?”杜禹依吃了一惊,没想到婷婷如此通情达理。“但是,”婷婷顿了一下,说:

"这事不是我主动的，是老胡要着花招把我骗到了手，是老胡对不起他老婆。"杜禹依怂恿地说："这种男人是靠不住的，你得离开他，找个帅哥嫁了。"

婷婷真的跟胡老板摊牌了，胡老板不同意。婷婷就和他闹，再找杜禹依商量对策。婷婷告诉杜禹依："老胡快受不了了，他像钻进风箱里的老鼠——两头受气。"杜禹依说："咋回事？"婷婷说："我提出要分手，娟娟也在趁火打劫，逼他和我分手。娟娟父母也出面干涉，弄得老胡焦头烂额。"杜禹依鼓动婷婷："不要心疼他，长痛不如短痛，这次必须彻底搞定。"婷婷乐呵呵地笑了。

在娟娟和婷婷的轮番夹攻下，胡老板终于缴了械，同意和婷婷分手。二胡药店的一半财产归婷婷，另一半财产胡老板想算股份，娟娟不同意，怕他和婷婷藕断丝连，让婷婷写了个欠条。杜禹依对婷婷说："别担心，二胡生意这么好，三年内还清借款，绝对没问题！"

二胡药店归了婷婷，婷婷和胡老板的关系就此了结。婷婷当了老板，将杜禹依提成店长，一起抓经营，生意很不错。

这天，杜禹依约婷婷去喝茶，谈生意。婷婷很开心，很感谢杜禹依。杜禹依却说："我今天是来请罪的。"边说边解下脖上的翡翠，又从口袋里拿出另一块翡翠。"吉祥，如意，什么意思啊？"婷婷眼睛睁得大大的。杜禹依说："其实，如意是我，吉祥也是我，我不是双胞胎。""啊？"婷婷惊问："那……杜月娥不是你妹？"杜禹依淡淡一笑："我过去叫杜月娥，现在改叫杜禹依。我是半天在一胡上班，半天在二胡上班。""这么说，你是娟娟派来的卧底？"杜禹依摇摇头："不是娟娟派我来的，是我自己要来的。"

杜月娥是婷婷离开一胡后，到一胡上班的，所以婷婷不认识她。杜月娥懂药剂，又乖巧伶俐，会做生意，很得娟娟赏识，两人遂成了好友。杜月娥同情娟娟,恨胡老板包二奶,更恨婷婷当二奶。为了帮娟娟出口气,杜月娥就改了名叫杜禹依,应聘到二胡来上班,打算配合娟娟把二胡搞垮。杜禹依每天都将二胡的药价、经营情况、进货量一一发信息告诉娟娟。

可是后来,和婷婷接触多了,杜禹依发现婷婷原来挺善良。又想婷婷没名分,挨人骂,做人都难,便开始同情并帮助婷婷了。杜禹依便改变了策略,以拆散婷婷和胡老板为目的。杜禹依要娟娟一起努力。娟娟不计前嫌,全力配合,最终让胡老板离开了婷婷。

听了杜禹依的述说,婷婷哭了。"谢谢你,谢谢娟娟,你们为了我……唉!代我谢谢娟娟,是我对不起她……"杜禹依安慰婷婷:"过去的就让它过去吧,新的生活开始了。"婷婷说:"你还要回到一胡吗?"杜禹依摇摇头:"我想留在二胡。二胡背着债务,是你最困难的时候,我要留下来帮你。娟娟有了胡老板,无需我帮她。"婷婷站起来,用力抱住了杜禹依。

杜禹依拿起两块翡翠,递了一块给婷婷,说:"吉祥给我,如意给你,我们在一起,准会吉祥如意!"

对　弈

老所长马上退休了,乐罡新调来,接老所长的班,任凌州税务所所长。乐罡虚心地向老所长请教凌州的纳税情况。老所长说凌州发展得不错,商户们大都能主动纳税,但仍有极个别商户,爱占税收的便宜。老所长提到了一个钉子户，卖紫砂壶的老板蒋懽。老所长说，让蒋懽交税，比登天还难。和他讲税收政策，他一句也听不进去。他的顾客又都是普通老百姓，买紫砂壶不用开发票，税务部门奈何不了他。税务所给他每月定额税三百，他来闹了好几次，就是不缴。

乐罡穿着便装，去了紫砂壶门市。蒋懽正在和人下棋。蒋懽边下棋边说，凌州能下过我蒋懽的人，还在他妈娘肚里呢。乐罡蹲下，看了一会儿。蒋懽像阵旋风，很快赢了对手。蒋懽得意地大笑。对手尴尬地笑，让乐罡玩一把。乐罡坐到小凳上，和蒋懽下棋。蒋懽下的是快棋，以进攻为主，反应很灵敏。乐罡一会就输了。蒋懽哈哈大笑。乐罡笑笑，不露声色。

老所长告诉乐罡，蒋懽最喜欢下棋，自称杀遍凌州无敌手。我也和他下过，每下必输。他和我开玩笑说，你要赢了我，我依法纳税，分文不少！

一周后，乐罡穿着税服来到紫砂壶门市。蒋懽一愣，说原来你是“税官”啊？乐罡笑笑，说新来的，请多关照。蒋懽说，谁关照谁啊？来，杀一把！乐罡笑问，要是我赢了呢？蒋懽一笑，你赢了，送你一把紫砂壶！乐罡摇摇头，三百元定额税，分文不少！蒋懽笑道，我赢了呢？乐罡想了想，说，你赢了，我帮你缴，直到我赢了你为止！

两人坐在小凳上，开始下棋。乐罡和蒋懽下过棋，知道他下棋的风格，所以格外谨慎，步步小心。蒋懽走棋快，不一会儿，三个小兵拱过了河，都被乐罡的卒吃了。蒋懽有些吃惊。乐罡说，你的兵不卖力啊，大概是你没给他们工资吧。蒋懽笑，你的卒卖力吗？乐罡说，我的这些卒之前都是困难户，政府给他们最低生活补贴，税务所又帮他们走上致富路，他们当然卖力呀。

蒋懂推马过了河，伺机踩乐罡的马，却被乐罡的炮灭了。乐罡笑，说，你的马有气无力，你没舍得喂粮草吧？不管你赚多赚少，得与那些助你事业的人分享嘛。蒋懂讥笑道，你这个所长，啥时也让咱老百姓分享分享？乐罡说，好，明天你来当所长，陪我收一天税！蒋懂摆摆手，罢罢罢，我有那工夫？还要做生意呢。

乐罡的炮忽然打过来，吃了蒋懂的另一只马。蒋懂马上出炮，吃了乐罡的炮。不想乐罡是连环炮，又吃了他的炮。蒋懂有些恼。乐罡说，你的炮和我的炮不好比。蒋懂说为什么。乐罡说，你不交税，军饷哪里来？你不交税，炮弹哪里来？你是有炮但没子弹也没炮手啊。而我子弹足，炮手棒，你挡也挡不住。

蒋懂开始发动残兵败将，过河杀敌。乐罡稳扎稳打，凡入侵者，格杀勿论。蒋懂知道，今天遇到高人了。但心里不服输，仍在负隅顽抗。乐罡的雄师过河了，马步步逼近，炮隔岸备战，车长驱直入。蒋懂的相仕守在军营内，举棋不定，疲于应付。两个相劳燕分飞，两个仕择枝而栖。乐罡说，你的相仕们对老帅不忠心啊。蒋懂说，不见得。乐罡说，他们扔下孤零零的老帅，只顾逃命了。乐罡啪地吃了一个相，说，我先替你杀了这个不忠之徒！蒋懂强作欢颜，说我的相仕在突围，不是逃命。乐罡说，大敌当前，大难临头，相仕远离老帅，自顾不暇，这是老帅的悲哀啊！可见老帅平日里不受众人爱戴啊。蒋懂说，何以见得？乐罡说，做老帅要心系士卒，要有全盘意识。做老板也一样，要心系八方，要有全盘意识。抬高价，漏缴税，拖欠款，哪样都不会得人心。不得人心的老板老帅们，能受爱戴吗？蒋懂说，你在说我吗？我这是小本生意，没钱可赚。乐罡说，你不赚钱，就可以不缴税吗？就可以不给兵发薪，不给马喂粮草，不给炮子弹吗？这不是理由！倘若这么做，你必定会失去朋友的爱戴，失去同行的爱戴，失去政府和百姓的爱戴。

蒋懂的额头沁出了汗，不时用手抹汗。乐罡的车马炮围在了蒋懂老帅的四周，显得信心十足。乐罡的老将稳坐军营，运筹帷幄，连窝都没挪过。蒋懂说，你的老将稳如磐石啊。乐罡笑，说因为我头上戴的是国徽，心里装的是百姓，胸襟开阔，心底无私，才不会乱了脚步。

蒋懂擦了擦汗，喃喃地说，胸襟开阔，心底无私，才不会乱了脚步……

我输了。蒋懂惭愧地推了棋。乐罡摇摇头，说我们不是对手，所以我们没有输赢。税务员和纳税人只是分工不同，其实都是为国家为社会为人民作贡献嘛。

乐罡站起来，走进店里看看，说，这壶不错，我买一个。蒋懂说，送你吧。乐罡说，我们挣的薪水，是你们纳税人的汗水钱，哪能再拿纳税人的东西呢？边说边掏钱买了。蒋懂拍拍乐罡的肩，说，乐所长，你让我输得明白，我知道我输哪儿了。明天，我就去税务所缴税！

发　票

老板对胡雯的工作其实是认可的，执着、敬业、认真、负责。然而胡雯有时过于执着，老板便不太认可。胡雯有个毛病，啥事好较真，不撞南墙心不死。胡雯是会计，在太和医院负责报销审核。审核就是把关，把关当然要严格，所以胡雯审核起票据来，可谓是一丝不苟。无论谁的发票,也不管什么类型的发票,她必定要辨别个真假来。现在的假发票也多,哪怕十块钱的餐费发票都有假的。假发票到了胡雯这里,就仿佛是见到了照妖镜,一一现了原形。发票来了,胡雯打开税务局网站,输上一长串的数字,一一核查:有无此票,单位名称是否相符,马上就一目了然。不合格的发票,自然被胡雯退回。这让医院不少同事非常苦恼,见到胡雯就头痛,就像病人见到了医生,拿发票的手都发抖了。

最头痛的莫过于医院的药科主任了。药科主任负责医院的药品采购,西药、中药、草药、输液等,每个月有几百万元的药品购进来,经手的发票不计其数。所以药科主任和胡雯打交道最多,被退的发票当然也最多。胡雯退发票退得药科主任的心都悬着,药科主任说,高抬贵手吧,胡会计,不能再退了,我们的药品价格本来就压得很低,人家为了逃税,当然给假票。你总退发票,谁还愿意和我们合作啊?

除了药科主任,不少医生对胡雯也有看法,不时有微词传到胡雯耳朵里。胡雯只是淡淡一笑。我只管审核,其他的事我不管。如果假发票入了账,才是我失职呢。胡雯因此得罪了不少同事,但胡雯执着,我行我素。

老板几次找胡雯谈话,要胡雯灵活点,别那么计较。胡雯说,老板,假发票不杜绝,就是给偷税的人开绿灯呀。老板说,中国这么大,假发票你能杜绝得了吗?就是杜绝,也要从源头杜绝嘛。胡雯说,老板,我这完全是为了我们医院好。账上没有假发票,税务大检查来了,咱心里坦荡,不用惊慌。胡雯如此不开窍,老板只好点拨她,发票真假又不关我们的事,相反,我们可以此为筹码,与供应商讨价还价,把价格压到最低。我们医院是民营医院,要想在竞争如林的环境中存活下来,不在发票和税收上做点文章能行嘛。

不管老板怎么说,胡雯的职业病就是改不了。无奈,老板调了胡雯的岗位,将胡雯从炙手可热的财务科,调到了枯燥乏味的收费处。胡雯啥也没说,将票据审核工作交给了另一个会计蔡丽。

蔡丽比胡雯灵活多了,况且有了胡雯的前车之鉴,蔡丽当然不会重蹈覆辙。蔡丽完全放松了对发票的辨别,尤其是药品供应商的发票,蔡丽只审核药品的数量价格品名,却不论发票的真假。偶尔来点兴趣,也会到税务局网站上辨别一下,但真假都给入账了。蔡丽的明智之举,深得药科主任的赏识,也得到了老板的认可。蔡丽行方便了,药科主任如鱼得水了。供应商日渐增多,药品价格也明显下降,药科主任不时在老板面前替蔡丽美言几句,还请蔡丽喝茶,以示感激。

一年后的这天,医院来了两位税务官,直接到了财务科。税务官出示证件后,提出要检查医院的账务,并说明了事由。广州有几家医药公司,在没有获得药品经营许可资格的情况下,在全国各地销售药品,并开出了大量假增值税发票。目前这几家医药公司已被药监及税务部门查处,而与之相关联的单位也必将受到牵连。太和医院也在其中。

两名税务官员在太和医院待了两天,对医院所有的账务进行了检查。结果是,胡雯任职期间没发现一张假发票,而蔡丽接手后,假发票渐渐地多了起来,不但药品发票有假的,吃喝拉撒用的发票都有假。广州这家医药公司正是在蔡丽接手后,和太和医院有了业务往来。按照税法规定,太和医院必须补交税金,同时还要接受处罚。税务局开出罚单,连缴带罚共需交纳税款一百二十多万元。与此同时,药监局也介入进来。太和医院因采购证照不全的供应商药品,被药监局处罚八十万元。

这回,老板傻眼了。本以为通过压低药品成本,能多赚点利润。不曾想一下竟要罚交二百万,这打击太沉重了。接过罚款通知书,老板的肠都悔断了,哭丧着脸,见谁骂谁。首先把药科主任叫来,劈头盖脸地狠狠地骂了一通后,开除了。再把蔡丽叫来,骂了个狗血喷头。蔡丽想辩解几句,又不敢说,只好忍气吞声地听从老板发落。老板把蔡丽调到药房抓药去了。

几天后,老板亲自到了收费处,将胡雯叫到院长室,客气地给胡雯泡了杯茶,说了许多客气的话。闲言过后,老板诚恳地提出要把胡雯调回财务科,继续负责票据审核。老板说,以前我不太重视发票,这次栽了个大跟头,我才知道发票原来这么重要。胡雯推说自己太较真,不适合这岗位。老板再三致歉,说,胡雯,审核这岗位非你莫属了！当初我错怪你,委屈你了。老板叹了口气说,如果当初不把你调走,医院哪会有这么大的损失啊。

胡雯又调回了财务科,继续从事票据审核工作。胡雯的工作还是那么认真,不放过每一张假发票。当然,现在医院上下没人指责胡雯了,大家都知道医院被处罚的事了。大家终于理解了胡雯,并且对胡雯有了一份敬意。

阿珏

阿珏在无比失望的时候,遇见了我。她上 QQ,正好我在。此时我正坐在空调房间里,温情的午阳透过玻璃窗,暖暖融融地照进来,照得我懒洋洋地想睡觉。她像见到了救星,在 QQ 上招呼我,我的QQ便嘀嘀地叫了两声。她又说,你在上班吗?我的QQ又嘀嘀地叫了两声。她仍在自言自语,我到连云港了。我就被她吵醒了。我说,可是,我没在连云港呀,我在南京呢。她再度失望了。她说,她来连云港是找郝院长的。

郝院长是我的铁哥们。我和郝院长,以及阿珏,以前我们都在沭阳一家医院工作。后来我离职了,但友情如故。

阿珏说,郝院长前几天辞职了,你知道吗?郝院长离职我当然知道。郝院长是难以容忍医院的某些现状,才愤而辞职的。阿珏说为郝院长的辞职,她哭了好几回呢。阿珏愤愤地说,郝院长此次离职,心情一定很难过。唉。

此时正值寒潮来袭,阵阵凉意在我心头翻涌。我说,阿珏,大冷天的,连云港零下八九度,你跑来干吗?阿珏没回答我,问,你知道郝院长家住哪儿吗?我说,兴业小区。啊?阿珏惊讶,说我一直以为是苍梧小区呢,我在苍梧小区找他呢。我说,你跑了几十里地,就为了找郝院长吗?阿珏"嗯"了一下。我说,那,你和郝院长约好了没?阿珏说,没,他关机好几天了。我打了一下郝院长电话,果然关机。我说你不知道郝院长家住哪儿,你咋找?阿珏说,精诚所至,金石为开嘛。看,我正绝望呢,你不是出现了吗?我说,可是兴业小区那么大,我也不知道郝院长家的门牌号码啊。阿珏显得有些紧张,说,啊,这可咋办?过了一会儿,她又说,那我问物业,人家知道吗?我说你都来了,就去碰碰运气吧。

阿珏出了苍梧小区,去了兴业小区,问物业,物业说不知道。阿珏急了,又问小区里的行人,人家都说不知道。阿珏说,我长得挺安全的呀,不像坏人呀,为什么就没人告诉我呀?我说,你赶快回去吧,你问不到的。你一个大美女,找上人家门来了,谁敢说呀?

阿珏倔着呢。她没听我的劝告，就站在小区里，说要等郝院长回来。我说，小区那么大，就算郝院长回来，会那么巧让你碰上？阿珏不听，说，我的虔诚会感动上帝。阿珏又说，你别下线啊，陪我聊聊吧，天很冷呢。我说你去保安室站着，避避风。她说不麻烦别人了，就站路上吧。

阿珏直言不讳地告诉我，她很喜欢郝院长。我听得很吃惊，后悔不该告诉她郝院长的家在兴业小区了，万一他们之间有什么纠葛，我岂不犯了大错？我正后悔着，阿珏又问我，你知道我为什么喜欢郝院长吗？我发个摇手的表情。阿珏说，你还记得那年我做手术，连话都说不出来吗？这事我当然记得。那次我去药房盘点，第一次见到阿珏，阿珏说不出话来，光用眼神和我交流。我还以为她是哑巴呢，后来才知道她气管刚做了手术。你知道我是啥病吗？阿珏说，是癌症。

我愣住了，半天没有回话。怎么可能呢？一个如花似玉的女孩，正是豆蔻年华，咋会……

阿珏继续说，那时我如同掉进了深渊里，对生活完全没了信心。郝院长是分管我们药房的，他看出我情绪低落，几十次和我谈心。他不摆领导架子，像兄长一样，亲切、真诚、耐心。他从医二十多年了，列举了许多癌症患者的例子，教导我要振作起来，过好每一天，不能悲观，一定要战胜病魔。只要你乐观向上，什么疾病都能战胜。就这样，我慢慢被他说服了，对生活有了信心。和他一起共事的这几年，我非常开心。可是……唉！

天很冷，也有点暗了。我说，阿珏，五点多了，你快回去吧。阿珏说，再等等，等到六点多，他总该回来了吧？我说，你不冷吗？她说，冷，我的脚冻僵了，鼻子流鼻涕，可能要感冒了。我说，快回去吧，别冻坏了。阿珏说不行，无论如何我都要见到郝院长，给他点安慰。或许他此时和当年的我一样,正陷在痛苦之中呢。我要等等,再等等。哪怕安慰他一言两语,我就知足了。

真是个执着的女孩！我说,阿珏,你是不是爱上郝院长了?阿珏说,我是癌症患者,早就与爱无缘了,爱只能在心里安放。我是拿郝院长当兄长,他是我的偶像。阿珏又说,人要知恩图报,当初他帮了我,让我对生活有了信心,现在我要帮他,让他对生活也要有信心。

我说,那你再打他电话试试。阿珏说我一直在打,他还是关机。他一定非常非常的痛苦,否则不会关机的。我看看时间,六点多了,我说,你回吧,要不就没车子了。阿珏发了大哭的表情,说我好伤心,好想痛哭一场啊。天快黑了,我真的等不到他了。我再三劝说阿珏,阿珏叮嘱我一定要安慰郝院长,然后才答应离开。

想起阿珏在寒风中站了几个小时,我很自责。其实我知道,郝院长才换了新号码。我是想告诉阿珏的,但我犹豫着没有说。郝院长没告诉她,我怎么能告诉呢?

我拨了郝院长的新号码,说,看到阿珏了吗?阿珏一来,我就告诉郝院长了。郝院长说看到了,说他一直站在窗前,看着阿珏。郝院长说,之前收到阿珏许多安慰的信息,我都没有回。安慰别人容易,安慰自己难啊。她这样,都把我老婆的疑心病安慰出来了。我老婆说,她这么关心你,看来不正常哦,你咋不回信息,莫不是是为了躲她才辞职的吧?你躲得过初一,你能躲过十五呀?没准哪天她就找上门来了。

菊　梅

菊梅从大山里走到镇上,镇上有去县城的汽车。坐上车到了县城,已是晚上。下了车,菊梅先在车站里上了厕所。刚才坐在车上,菊梅有些内急,但汽车上没厕所,菊梅只好憋着,直到下车。方便之后,菊梅又去了火车站。

县城的夜景很美,霓虹闪烁,灯红酒绿,仿佛变幻莫测的魔术世界。菊梅买了火车票,看时候尚早,便趁机欣赏起县城的美景来。

菊梅十六了,这还是第一次出远门。深山里小路崎岖,出行不便,菊梅最多到过镇上,再远的地方便没去过。县城是第一次来,菊梅感觉眼睛不够用了。一切都是那么新鲜,那么多的车,那么多的人,那么多的酒店,那么多的楼。菊梅好生羡慕。

菊梅初中毕业了,准备去省城打工。菊梅父母都在省城打工,打十几年了。父母都忙,请不到假回来,只好让菊梅一人去省城。

菊梅在火车站附近逛了逛,时间差不多了。进了候车室,又等了半小时,检票了。

在站台上站了一会儿,就听“呜——”的一声长鸣,火车喘着粗气咆哮而至。菊梅第一次面对这个庞然大物,感觉像一条巨龙。菊梅机械地跟着人流上了车。

上了车,菊梅捏着票找座位。看了半天,也不知座位号在哪。

她想问别人，又不敢问。母亲说过，在车上别和陌生人讲话，无论男女。菊梅只好自己找。别的旅客也在找。菊梅就悄悄地看别人怎么找，这才看到在窗口的墙上有座位号。

车子启动了，车厢内安静了下来。菊梅坐在靠窗的位置，身边坐了两个中年男人，对面坐的也是三个男人。菊梅心里有些怯，扭头看窗外。窗外黑漆漆的，偶尔有灯光像流星一样滑过。

渐渐地，菊梅有了困意，可菊梅不敢睡。身边和对面的男人都闭上了眼，但菊梅总感觉他们在装睡。兴许等自己睡着了，他们就会睁开眼，对自己下手。不过菊梅最终没能抵住困意，还是睡着了。

等菊梅一睁眼，天都亮了。窗外是流动的风景，树在跑，路在游，大地在旋转。菊梅口干舌燥的，嗓子也有些痛。菊梅从背包里拿出一大瓶雪碧来，咕噜咕噜地喝了。不一会儿，肚子又饿了，菊梅又拿出蛋糕来吃，然后再喝雪碧。吃饱喝足了，菊梅再去看窗外。

过了一会儿，菊梅想去方便。上车时，菊梅看到车厢头那儿有厕所，菊梅起身去了。好不容易挤到了车厢头，菊梅看见了厕所，但不知是男是女。菊梅有些迟疑，推厕所的门，没推动。按下把手再推，还是没推动。有乘客在看她，菊梅很不好意思。菊梅正纳闷，忽然发现把手上面有两个字：有人。菊梅松开把手，站在边上等。不一会儿，厕所门从里面打开了，菊梅刚要往里闯，突然从里面出来个小伙。菊梅闹了个面红耳赤，赶紧捂着脸回到了座位上。

是男厕所！

刚才好丢人，差点进去了。菊梅的心扑通扑通地跳。可是，女厕所在哪儿呢？菊梅掉过头，向车厢另一头望去。另一头正站了个女孩,估计也是上厕所的。那女厕所一定在那了。菊梅再起身,走到车厢的另一头,站在女孩后面。女孩看了菊梅一眼,走了。菊梅看把手上面显示有人,便守在厕所外。过了几分钟,门开了,菊梅无论如何也没想到,出来的又是个男人!菊梅又闹了个大红脸,赶紧溜回座位上。

奇怪,火车上咋都是男厕所呢?菊梅想不通。为什么厕所都不写男女呢?菊梅想到的答案是,反正都是男厕所,还有什么必要写呢?可为什么都是男厕所呢?菊梅的答案也有了,因为火车上男乘客太多,女乘客少,比如自己这两排座,六个人中五人是男的,只有自己是女的。可这也不公平呀,车上毕竟有女的呀。女的要上厕所怎么办?这个答案菊梅迟迟没找着。想找人问吧,实在张不开口。再说,身边都是男人。

菊梅又有些口渴,但不敢喝雪碧了。菊梅现在有点憋不住了,特想上厕所。但是没办法,只好一忍再忍。随着汽笛一声长鸣,播音员甜美的声音告诉菊梅,车子要进站了,不过还没到省城。菊梅眨眨眼,忽然答案有了。

火车哼哧哼哧地停了。菊梅立即拿起背包,迅速下车。菊梅知道,车站里肯定有厕所。菊梅以最快的速度跑进车站,很快找到了厕所。

方便之后,菊梅明白了,难怪火车上没女厕所呢,原来女人上厕所,得等火车到站。至于男人嘛,太多了,都挤下车上厕所,肯定耽误时间。

等菊梅解了手,好不容易跑到站台上,火车早开走了。菊梅哇的一声哭了。幸好站务人员过来了,告诉她,还可以乘下一班去省城的火车,菊梅这才止住了哭泣。望着空荡荡的铁轨,菊梅想,如果火车上有男厕也有女厕,该多好啊!

玉　碎

我给卓大总打工,做会计。卓大总的弟弟卓二总也是老板,名下有两三个公司。一年前,卓二总疏通各方面关系,终于拿了块地。本想一个人吞下的,结果怎么也吞不下,投资太大,要一千多万。卓二总找卓大总一合计,决定让卓大总入股,兄弟俩共同拿下这块地。这事不能拖了,兄弟俩怕时间耽搁了,土地会被收回,到嘴的肥肉就跑了。兄弟俩马上签订了《股权转让协议》,起草了章程,到工商局变更了股东。卓大总做事谨慎,对卓二总说:"找个事务所来审计一下吧,亲兄弟要明算账!"卓二总知道卓大总心眼小,信任不过他,就答应了。卓二总说:"这个公司就是为这块地设立的,成立才一年多时间,啥业务也没发生。你爱咋审就咋审吧。"卓二总老婆捧出账来,果然只有五六本凭证。卓大总对我说:"你去找家会计事务所来审计一下,审计费不能高哟,千把块钱,出个审计报告就行了。"

千把块钱审计费太少了。我找了好几家会计师事务所,都拒绝了。后来朋友推荐了一个,我去了,一个很老的会计师接待了我。老会计师的年龄估计在七十岁左右,衣着陈旧,满头白发,戴着老花镜,自我介绍姓覃,说是退休后返聘的。我把情况向覃老作了介绍。"几本凭证而已,很简单,一天就审完了。"覃老说:"不管几本凭证,我们会按正常程序审计,出具报告。"我又说了审计费。覃老说:"这个好说,先审计,根据审计质量你们给审计费。"

第二天,覃老带了个徒弟,来公司审计了。审计了三四天,还没个结果。卓二总老婆不乐意了,说:“就那么几本凭证,咋审这么久?”覃老说:“你只有几本凭证,但没有账本,我们还得先帮你做账,然后才好审。还有,这个账实在太乱了,和银行对账单根本对不上。”卓二总老婆摆出老板娘的姿态,说:“我不懂会计,我只是觉得这点账,没必要审三四天。”我只好两面劝解,劝老板娘息怒,再催覃老快点。覃老说:“我们没耽搁,但我们总要把账弄清楚呀。”

覃老嘴上这么说,手上还是加快了,晚上都和徒弟在加班。又过了三天,审计工作底稿出来了。先让卓二总老婆过目。卓二总老婆又给卓二总看了。卓二总对覃老说:“这个报告太啰唆了,简单点。”覃老愣了:“干这么多年审计,出具审计报告若干,头一回听说审计报告啰唆了,要简单点。怎么简单啊?”卓二总说:“把两千万注册资本和土地投资款反映出来,往来账和银行存款余额都调为零。”覃老摇摇头:“土地投资款可以反映,可注册资金没到位,是虚假出资,我怎么反映?往来账和银行存款,我得按账面反映,不能你说没了就没了。”卓二总老婆又不乐意了:“这本来就是兄弟之间的家务事,让你咋出就咋出呗!”覃老有些生气,说:“那不行,你既然找我们审计,我们就得如实出具审计报告。我们要对审计结论负责,怎么可能你让咋出就咋出呢?”

卓二总又找了卓大总,说:“如果审计报告不反映注册资金,那不是虚假出资吗?虚假出资是要承担法律责任的。”卓大总说:“当然要反映。”卓二总说:“还有以前的债权债务,我们在《股权转让协议》中都说明了,不要你来承担。审计报告上就不用反映了。”卓大总想了想,说:“可以。”卓二总说:“可是覃老太死板,不肯出这个审计报告。”卓大总把我叫过去,问咋回事。我说:

“会计师事务所怎么能出虚假审计报告呢?”卓大总说:“这没什么嘛,都是家务事,让他出!”我找了覃老,把老板的意思说了,覃老一口回绝。我向卓大总汇报了,卓大总也生气了,仰在沙发椅上向我下达命令:“他必须出!他不出,我不付他审计费!”我又和覃老说:“你要不出,老板不付审计费呀。”覃老说:“宁可不要审计费,也不出虚假审计报告。”我怎么规劝,覃老都不答应。

覃老的倔强惹怒了卓氏兄弟。卓氏兄弟一合计,就不要覃老审计了。自然,也没给审计费。我很难为情,让覃老白忙了一回,又耽搁了老板土地投资的事。不过卓二总办事效率高,第二天就又找了家会计师事务所,连账都不看,就出了审计报告。审计报告完全按照卓二总的意思,注册资金赫然在账,往来账和银行存款全部为零。

我说:“覃老啊,你也太古板了,这年头,给钱就办事,不能按规矩出牌啊。”覃老说:“我接受国家教育培养几十年,做了二三十年的审计,作为一个堂堂的注册会计师,绝对不出假报告!”我说:“人家不也是注册会计师吗?人家不照样出嘛。人为财死,鸟为食亡,这是古训啊。”覃老说:“这种人是审计队伍中的蛀虫,迟早会被清理的!”我说:“清理了又咋样?赚了钱再说。”覃老问:“他的审计报告咋出的?”我将审计报告递给覃老,覃老看了,说:“纯属扯淡!”又翻到末页印章处,一看注册会计师名字,指着说:“原来是他、他……”突然全身颤抖,身子后仰。我一把抱住覃老,叫了救护车,将覃老送进了医院。覃老患有高血压,气愤过度后血压上升,就晕了过去。幸亏抢救及时,覃老才醒了过来。覃老余怒未消,说:“卓二总找的注册会计师,是我徒弟王敏。王敏原来跟我学的,后来自己搞了事务所,多次挖我的业务。挖业务倒没什么,市场竞争嘛,可我没想到,他竟然如此不择手段!”

覃老又激动了。我怕他旧病复发,赶紧把话题岔开。

覃老出院后,找了王敏。王敏反劝覃老:“师傅,您得与时俱进了,如果做事总有顾虑,想着这法那法,什么事也办不成。再说您都七十了,还怕什么呀?”覃老愤怒至极,说:“我宁可饿死,也不做假!就是你这样的人,把我们审计队伍搞臭了。”王敏摇摇头,走了。

再说卓氏兄弟。兄弟俩合股后,土地就开始运作了。恰逢工商局、公安局联手开展“两虚一逃”大检查。查到卓氏公司时,卓二总老婆就把王敏出具的审计报告拿出来,让检查人员过目。检查人员要看账,卓二总老婆找借口不想给。检查人员就要吊销营业执照。卓二总说:“拿吧,要是营业执照吊销了,土地就彻底泡汤了。”卓二总老婆只好将账捧出来。工商局一看就明白了,营业执照是中介机构代办的,是虚假出资,压根就没有注册资金。工商局立即做出了一百万元的处罚决定,并吊销营业执照。卓氏兄弟都慌了,央求不要吊销执照,否则土地就收回了。检查人员依法办事,不予理睬。公安局要继续进行审查,看有无构成犯罪事实。卓二总老婆振振有词地说:“审查什么呀?我们有审计报告!”公安局立即扣留了审计报告。

王敏跟着便浮出水面了。公安局会同注册会计师协会,对王敏进行立案审查,查出王敏多次出具虚假审计报告,还有虚假验资若干。王敏锒铛入狱,并被吊销了执业资格。

覃老闻知,痛心不已。去了看守所探望王敏,说:“你是个不称职的注册会计师,你这完全是咎由自取!将来出来了,干点别的吧,这一行不适合你。”覃老回去就辞职了。所长挽留他,覃老坚决不干了。覃老说:“我培养出了王敏这样的徒弟,我也是个不称职的注册会计师啊!”

房 东

爱平和王悦在 F 城打工。F 城虽是个小城,房租不便宜,普通的两室一厅月租都要一千多。爱平和王悦初来乍到,口袋里还没几个钱,两人几乎寻遍了 F 城,最后才在东关街偏僻的里弄里,租了间便宜的两室一厅。房租一年一万。

房东是个戴了副眼镜的中年男人,在一所小学当老师,温文尔雅,谦逊有礼。房东姓温,爱平和王悦尊称他为温老师。温老师首先声明,这房子是我老婆的,我和我老婆离异了,我帮我老婆收房租。爱平嘴快,说,你是你老婆的经纪人吧?温老师嘿嘿一笑。

温老师如此儒雅,爱平和王悦都庆幸遇到了一个好房东。

一个月后,爱平的手机响了,一个陌生号码。响了两声,爱平刚要接,对方挂了。爱平以为是骚扰电话呢,两分钟后,手机又响了,还是那个陌生号码,响了两声,又挂了。王悦说,可能是骗话费的,我常接到东莞、广州的陌生电话。不一会儿,王悦手机又响了,也是那个号码。王悦的手机有显示手机所属地的功能,是 F 城的号。和爱平一样,响两声,王悦刚要接,电话挂了。爱平说,看来不是骚扰电话,也不是骗话费的。王悦便打了过去,传来了温和的声音,说,我是房东啊,你们上个月水电费是三十七元一角二分,我晚上过去收。

晚上,温老师来了。爱平和王悦穿着睡衣,正在看电视。温老师有钥匙，自己开门进来了，把爱平和王悦吓了一跳。爱平尴尬地说，温老师，麻烦您以后来前先打个招呼，我们女孩子，有时不方便。温老师说，哎，我下午在电话里不是说了晚上要来吗？

王悦早准备好了钱，交给温老师。温老师点了点钱，说不够呀。王悦说正好的呀，三十七块，您再点点。温老师说，那一角二呢？爱平啊了一声，说一角二还要呀？温老师谦笑着说，我是二传手，收了你们的钱，我是要交给我老婆的嘛，我不能贴钱吧。王悦叫了声，哎呀，妈啊，赶紧摸出两个一角来。温老师说，你给个两分的，我没钱找。爱平笑了，说，不用找了。温老师说那先记着，下次少收八分吧。

又过了些天，爱平在午睡，手机响了两声，又挂了。爱平知道是温老师要收房租了，故意不复电话。等到下午，温老师用办公室电话打来了，问爱平咋不回电话呀，我晚上要去收房租呢。爱平说，您干吗打了就挂呢？温老师说，我是代收房租的，凭什么贴话费呢。你们是房客，理应承担话费嘛。

晚上温老师来了，王悦将房租给了温老师，温老师又说不对。王悦说，你前两月不是都收八百三吗？温老师说，是啊，所以这个月应该八百四呀，一个季度加起来才正好是两千五嘛。王悦还想说什么，爱平点头说，对对对，再给十块吧，温老师，您慢走。

温老师走了，王悦不满地说，什么老师啊，铁公鸡！爱平说，遇到这么个精打细算的房东，真要命。王悦说，以后电话打了再挂，坚决不回，就让他贴！

之后，温老师每打电话来，爱平和王悦抢着接。不过总是慢了一拍，刚要接，温老师就挂了。挂了拉倒！爱平和王悦都不回话，反正都是温老师找她们有事，她们无所谓。

一个周末，王悦上夜班，爱平一人在出租房里看电视。温老师又直接开门进来了。突然闯进一个人,爱平吓了个半死。爱平说,温老师,不是让您来前先打个招呼的吗?温老师说,我打招呼了,可你们不回电话。我是来告诉你们,我老婆说了,为了便于收费,房租从一万降到九千六,每月八百,给你们一年省了四百块。你们该感谢我哦,是我在老婆面前替你们美言的。你们是我遇到最好的房客,以前那些房客,几毛几角总和我计较,每次都要我贴话费,气得都被我赶跑了。

王悦凌晨两点才下班,回来后,爱平说了温老师的事。王悦说受不了了,再这么下去,我要疯了。爱平说,那就换地方吧。王悦说,好,换地方,现在就给铁公鸡打电话,告诉他我们不租了。爱平说,深更半夜的,改天再说吧。王悦说,不,折磨折磨他!王悦拨了温老师的电话,响了一声,马上又挂了。温老师没有回复,爱平再打。骚扰几次,两人笑成一团,想温老师不打电话来,心里肯定也憋得慌。

第二天,温老师果然用办公室座机打过来了,爱平不接,王悦也不接。温老师很是纳闷,一直到了晚上,来了。径自开了门,但见人去楼空,一行字映入眼帘:铁公鸡,我们退房了,给你电话你不回,只好留言了。房租不差你的,水电费只差你十来块钱,不过我们提前几天退房,扯平了(不好意思,弄脏了你的墙。本想写在卫生纸上的,结果没舍得。考虑您近视,字写大了点)。

这两死丫头,真抠门,连张卫生纸都舍不得用,居然在我的白墙上乱涂鸦。温老师狠狠地踢了一脚墙,赶紧弄水来擦墙上的字。

幸福的小巧

清明,去扬州旅游,顺道拜访过去的学生小碧。小碧在扬州市区开了个米多多童装店,很容易便找到了。几年不见,小碧成熟了。而我,已是双鬓斑白了。与他相见,自有一番感慨。小碧说:“老师,您老了许多。”然后硬拉着我,去对面的理发店焗油。给我焗油的女孩长得算不上漂亮,人也略胖了点,但一说一笑,感觉很亲切。小碧告诉我,她叫小巧。又告诉小巧,我是他的老师。小巧一听说我是老师,跳了起来,说:“太好了,我正想找人写几个字呢。”我笑着应允。

焗了油,先风干着。小巧赶紧备好笔墨,小碧铺好粉纸,让我写字。我问小巧写什么。小巧说:“就三字:祛黑痣。这是我的新业务。”“就三字?”我说:“那你自己写呗。”小巧笑得咯咯的,说:“我只念了二年级,写的字连我自己都不认识。”我接过笔,蘸了点墨,龙飞凤舞刚写了个“祛”字,被小巧叫停了:“这是什么字?”“祛黑痣的‘祛’啊。”小巧甜甜一笑,歉意地说:“何老师,麻烦您别写得这么潦草嘛,光顾我这小理发店的,都是没什么文化的。我不认识的字,他们肯定也不认识。”想想也是,写招牌,当然要让大家都能认识。写潦草了,怎么招揽生意呢?我改了笔法,工工整整地写了“祛”字,又被小巧叫停了。“何老师,这是什么字啊?”我说:“祛黑痣的‘祛’啊。”小巧说:“那您写错了,祛黑痣的‘祛’不是这样写的,是这样写的。”小巧用纤细的手指在桌子上画了个“去”字。小碧站在一边,指着小巧笑弯了腰,说:“你连二年级都没念完，还来教我的老师写字啊？祛黑痣哪是那个‘去’啊，就是这个‘祛’嘛。”小巧脸红了一下，说：“就算何老师写得对，也不能那样写嘛。那个‘祛’字，谁认识呀？就算认识，也不懂什么意思。不懂意思，谁还来祛黑痣呀。”我很有点难以苟同，小碧说：“何老师，你就按小巧的意思写吧，错与对也不关你的事。”我只得按照小巧的意思写。小巧提醒我写大点，不要潦草，一笔一画地写。我笑着说：“你这毛笔太小了，写不了大字。写大了，笔画像蚯蚓似的，难看呢。”小巧还是甜甜一笑，说：“不难看呢，你写好了，让小碧描粗。”我就一笔一笔地将三个字画了出来，小巧让我过去洗头，让小碧慢慢描去。

小碧很快描好了，瘦弱的笔画丰满了些，不过显得生硬。这时，进来一个男人，看了字，笑着问小碧：“你写的？难看死了。”小碧伸伸舌头，冲他扮了个鬼脸：“你老婆让这么写的。”男人又说：“写错啦，不是这个‘去’字。”小碧在帮我吹风，大声地说：“去去去，你懂什么呀。”转脸告诉我：“我老公，送午餐来了。”小巧老公嘿嘿一笑，说：“我是提点建议嘛，采不采纳你说了算。”小巧老公说完，将手里的饭盒放在桌上，又将招牌贴在了玻璃门上，出去了。我看了小巧老公一眼，不像是个没文化的人。小巧说：“我老公是大学生呢，扬州大学毕业的。”我吃了一惊：“他是大学生，你是小学生，你们怎么走到一起的？”小巧笑了，仍是甜甜的，说：“怎么就不能走到一起呢？我们不是挺幸福的嘛。”我说：“在一起有共同语言吗？”小巧说：“有啊，没完没了的话呢，不过他说得少，我说得多。”我说：“不对呀，应该他说得多，你说得少，他有文化嘛。”小巧说：“他讲的，我听不懂。我讲的，都是做生意的事，他能听懂。我教他怎么做生意呀，怎么留住顾客呀。”吹了风，小巧用梳子在我头发上拨溜了两下，对小碧风趣地说：“瞧，你的老师多帅，多年轻啊！”

回到米多多童装店，小碧和我谈起了小巧。小巧生在乡下，家里人口多，读了二年级就辍学了。她先在家里做了些农活，十五岁就来扬州打工了。小巧和老公是青梅竹马，老家是一个村的。他老公的家境也不好，后来读大学全是小巧资助的。小巧老公大学毕业后，一直没找到合适工作。小巧说别找了，就帮她打理打理理发店吧。我问："她老公愿意吗？"小碧说："愿意啊。她老公做不了难活，就做简单的，理发呀，洗头呀。他们感情可好了。"我说："那，这大学不是白读了？"小碧摇摇头，说："不会呀，小巧很有计划的，她要等理发店赚够了钱，将来再让她老公开个小公司。她老公是学设计的。"我说："她这个理发店那么小，能赚到钱吗？"小碧说："当然赚得到啦，人家比我这个童装店赚钱还多呢。别看小巧没文化，可人好心好，手艺也不错，加上她是个乐天派，天天嘻嘻哈哈的，人缘可好了。她有许多老顾客呢。"

和小碧道别，小巧正在给顾客理发。她见我要走，赶紧出来道别，边挥手边开着玩笑："何老师，再见啦，看到这招牌，我会想您的。"我得意地笑了，看了一眼理发店门上的招牌。招牌上那三个字，像是用树枝垒起来的栅栏，不过很招摇，格外惹人注目。

第一碗面条

在我小的时候，家里很穷，一日三餐都是照得见人影的稀粥。米饭只有在过年的时候才能吃上。即使一碗手擀面，一个月也吃不上一次，更别说挂面了。手擀面是母亲亲手做的，是土面；挂面是街上供销社卖的,算是洋面。若能吃上一顿挂面,实在是一件幸福而又很憧憬的事。以至于多年以后,我仍喜欢吃挂面,只是现在的挂面,完全没有了从前的口味,连手擀面都不如了。

在我的记忆深处,只有过生日的时候,才能吃上一顿挂面。那时的挂面很香,很好吃,我们舍不得大口大口地吞咽,而是一根一根地吃,吃得有滋有味,连面汤都舍不得大喝一口,比品一杯香茗还回味无穷。

我能记得最早的生日,是我十岁的时候。在农村,这算是个大生日,亲戚朋友都来祝贺,还要带些礼物来。那天我像个骄傲的王子一样,被亲友们宠爱着,夸奖着。我上四年级了,学习成绩一直很好。父母自然要和亲友们说我的学业,并以此为豪。到了十点来钟时,二婶和三婶挎了个柳条编织的篮,篮子里面装的都是水糕。水糕不算贵重,农村人生病、坐月子、过生日,一般都能吃上水糕。在当时,水糕算是拿得出手的礼物了。水糕可以泡着吃,蒸着吃,也可以干啃。反正比稀粥好吃多了。

到了十一点半的时候,二姨挎了个竹篮来了。二姨家离得远,在板湖那边,离我们家有三十里的路。二姨天没亮就起来了,顶着凛冽的寒风,一路向北,一直走到我们家,已中午了。二姨送来的礼物很特别,有个带红五角星的绿色帽子,有把木头做的手枪。在当时,这些都是时尚的东西。小男孩都崇尚军人,戴军帽,持木枪,英姿飒爽,威风凛凛。二姨直接从篮子里拿出来这两件宝物,送给了我。我得意极了,马上把自己武装起来,戴着军帽,举着木枪,和几个孩子去打仗了。

中午吃饭时,母亲四处找我,把我从沟渠边拉了回来。我的衣服都是尘土,在以往是要被母亲责备的,但今天没有。母亲帮我掸了尘土,然后让我坐到主宾位置上。这是我们这儿的风俗。谁过生日，谁坐上席，第一碗面端给谁。今天是我生日，我就享受了这个至高无上的待遇。面条是挂面做的，一根根面条沉浸在碧绿的清汤里，整齐有序地排列着，规则如琴弦，轻盈似流水，看了一眼就心动，胃里就咕咕叫起来，更别说那香味像一缕缕清风扑鼻而来了。

记得那天我第一次放开肚皮，大口大口地吃面。这是挂面，是我最喜欢的面。既然我今天是贵人，何不享受一下特权，多吃一碗面呢？母亲笑眯眯地看着我，等我吃完了，又帮我盛了一碗。两大碗挂面吃下去，我小小的肚皮鼓了起来。等我放下碗筷，到了灶屋时，看见母亲也在吃面条。我过去一看，母亲只是在喝汤，碗里一根面条也没有。我有点后悔吃多了，让母亲喝了清汤。

在之后二三十年里，每个生日的第一碗面条，母亲都是先盛给我的。

而我记忆中的生日，也总是飘荡着面条的清香。

记得四十岁那年，农历二月的一个晚上，我和母亲坐在灶屋里取暖，母亲和我聊了些往事，聊起我出生的那个晚上。说起我出生的往事，母亲记忆犹新。也是这样的晚上，天很冷，母亲腆着肚子，忙活到夜里十一点多，突然觉得肚子很痛。那是一九六六年，农村条件非常艰苦，女人分娩是不去医院的，都在家里。村里一般都有接生婆。母亲感觉快要分娩了，就让我大姐去找接生婆。我们那儿那时还没通上电，夜里十一点多，全村都睡着了，连看门的狗都睡了。大姐摸着黑，跑到接生婆家，把接生婆叫起来。母亲已经疼得死去活来，全身出了许多汗。

接生婆到了我家，马上准备接生。但接生婆找了半天，也没找到卫生纸。没有卫生纸当然不行。一般农村人家也都没有卫生纸，卫生纸算是高档用品，老百姓如厕时都是撕张报纸或书本解决。接生婆有点慌，望着黑漆漆的天，无计可施，最后还是让大姐去南羊买。村里到南羊有三里多路,一路全是黑乎乎的树林。大姐才十三岁,很害怕,但没办法。大姐硬着头皮去了,提心吊胆地穿过树林。黑咕隆咚地跑到南羊,供销社关了门。她也不知里面是否有人,就使劲砸门。幸好有人看门,开了门,卖了几包卫生纸给大姐。大姐又一路小跑回家。接生婆赶紧吩咐大姐烧一大锅开水。

母亲已经出了许多血,感觉自己快不行了,吃力地叮嘱接生婆,无论如何要保住孩子。接生婆安慰母亲,说,别怕,大人孩子都要保住。母亲摇头,说,千万要保住孩子。接生婆是个老手,很熟练地为母亲接生,顺利地将我带到了人间。庆幸的是,母亲也脱离了危险。

听到这里,我已泪流满面,难以言语。为了我的降临,母亲几乎付出了生命的代价。而在那个生命攸关的时候,母亲非常淡定地选择了我,而宁愿牺牲自己。这就是母爱。它就像一个不成文的制度,牢牢地烙在每个母亲的心里。

之后我过生日时,我再没把第一碗面条端给自己,而是先端给了母亲。现在的挂面早已是家常便饭,没有人再为一碗面条而憧憬。当我第一次把面条端给母亲时,母亲以为我弄错了,笑着说,今天是你生日,第一碗面条应该你吃,这是老风俗。我把面条又推到母亲面前,说,今天是我的生日,却是您最辛苦的日子。您冒着生命的危险,把我带到了人世间。所以这第一碗面条应该请您来吃。母亲还想推让,我坚决地按住了母亲的手。母亲不说话了,默默地吃起了面条,边吃边抹着泪。

我的身后,忽然响起了亲友们稀稀拉拉的掌声。

之后的每一个生日,我都把第一碗面条端给母亲。

后来,母亲不流泪了,渐渐地露出了宽慰的笑容。

第六辑

何处觅风流

寻找记忆

我对主街越来越失望时，便转到了后街。相比主街的天翻地覆，后街的变化小了些，许多儿时的风貌景象依旧。我举起相机，不停地按动快门。旧城河、老胡同、青石巷……多少魂牵梦绕的记忆，我一一将它们摄入数码相机中。

这是我的故乡F城。离开F城有些年头了，一眨眼，人已到中年。偶尔，故乡会从我的记忆深处蹦出来，那路，那街，那水，那人，一切仿佛就在昨天。当回忆像密集的子弹向我的心灵扫射时，我的心开始一阵阵疼痛。我想老家了。乡愁像一缕青烟，不分白天黑夜，总是笼罩在我的心头。终于，我挤出时间，千里迢迢风尘仆仆地回来了。

踏上久违的乡土，我才发现，F城已不是我熟悉的故乡了。街道变宽了，楼宇变高了，人口变多了，乡音变杂了。原来是水泥路的主街，现在换成了柏油路；原来是二三十米宽，现在扩到了七八十米。那些红砖青瓦，那些楼栋画梁，以及那些熟悉的商店、车站、影院，如今都已不见了。置身F城，我找不到家的感觉，仿佛仍在异地他乡。

F城的变化如此之大，作为游子，我应当为故乡感到高兴，可又分明有一丝悲哀在心底纠结。我知道，是我的乡愁在作祟，我兴冲冲地回来，冲着的不是眼前的一切，我想要的是我记忆中的故乡，是魂牵梦萦的过去，是充满快乐的童年。如果找不到这些，

我的故乡之行便没了意义。

值得欣慰的是，主街与我的印象相去甚远，后街及时弥补了我的遗憾。在后街，我算找到了一丝过去的影子。沿着后街往前走，童年记忆遗址尚存，那些风物旧貌还在。后街变化不是太大，但相比主街像是两重天，后街差了些，乱了些，也脏了些。但这正是我要寻找的记忆，望着这景象，童年的欢笑会从深处传来，儿时的歌声也在潺潺流淌。我激动得举起相机，一张不落地拍了下来。

我拍得太投入了，我不知道有人一直在暗中盯梢我。当我拍完了这一切，将相机收好时，一个警察赫然站在了我的面前。

"请出示您的记者证。"警察冷冷地说，同时伸出了手。

"记者证？"我愕然，我不是记者。"你不是记者？"警察上下打量着我。我明白了，我穿的这摄影马甲，还有点像记者的行头。

"不是记者，你拍这些干什么？"我说："不干什么，留着自己欣赏。"

"欣赏？"警察斜睨了我一眼，"请出示您的身份证。"

我将身份证掏出来，递过去。警察看了看，捏在了手里。

"F城有那么多漂亮的景致，你咋不去拍？你跑这偏远的小街小巷里拍照，是何用意？"

我说："没什么用意，我在这长大的，想寻找自己过去的影子。"

警察说："撒谎你都不会。别编了，你从主街一路拍过来，我早就盯着你了。老实说，你拍这些相片想干什么？"边说边伸手拿过我的相机。

我很怕自己惹上麻烦，赶紧解释："我是F城人，离开家乡十几年了，这次回来，是想拍点老家景色，以后在外想家了，可以拿出来看看。”

“那好，跟我走吧。”警察掉头就走。

我的身份证和相机都在他手上，我只有跟着他走，一直走到派出所。另一个警察过来，将我相机里的照片全部调了出来，删去。接着，又看我的身份证，在电脑里将我的情况全部调出来。

我有些急，说：“你们凭什么删我的照片？”

警察说：“很简单。我们正在搞创卫，我们怕有人搞破坏。”

我奇怪，我说创卫和拍照有什么关系？

警察说：“当然有关系。你把这些脏乱差的照片往网上一发，我们创建卫生城还能通过吗？这种事以前就有人干过，我们不得不防。”

我瞠目结舌。警察看看我，将相机塞到我手上，说，你不要再拍了，让我们发现了，我们还会没收你的照片。再说，你的身份资料我们已留底了，你要是在网上瞎发布，我们肯定会找你！

开叔的牛粪史

开叔去世二十多年了。他的事村里人大多记不起来了。我能记得的，也只是些小事，大多事情都不记得了。

开叔是养牛的，一辈子都与牛打交道。他三十来岁的时候，就被分配在生产队里养牛。牛是生产队的，是集体财产，但开叔拿牛当自家的，像对自己的孩子那样。他养牛仔细。牛棚每天都要打扫一遍，让牛睡得舒服些。牛身上有苍蝇蚊虫叮着的时候，他抓起一把芦苇挥舞着。牛吃的草,他要认真地挑选一遍,防止草里有铁器硬物。开叔说人要善待牛,还有什么动物比牛更辛苦的?吃的是草,干的是重活,比人都辛苦啊。生产队里有好几百亩地,都指望开叔养的十来头牛耕犁拉推,牛的确非常辛苦。

开叔一般每天上午都要轮流牵着几头牛,去灌溉渠水边。那些牛呼吸着新鲜的空气,饮着清澈的河水,吃着新鲜的水草,毛色渐渐发亮,眼睛也有了神。渐渐地,就长得健硕膘壮了。牛养壮了,干活才有力气。

几只牛走在乡间的路上,自由自在,免不了要拉屎。牛粪的肥力温和,虽然不如人的粪便,终归是有些肥力的。牛屎拉在荒野或路上,肥力就浪费了。开叔很细心,如果发现哪头牛的尾巴翘起来了,这当然不是人们常说的骄傲了就翘尾巴了,而是这头牛要拉屎了。开叔赶紧把牛屁股转向生产队的地里,以便牛把粪便拉在集体的地里。也有不巧的时候,牛走在别人的自留地旁,翘尾巴了。这时开叔绝不把牛屁股朝向别人的自留地里。开叔认为牛是集体的,牛屎当然也是集体的。拉在别人家的自留地,这叫损公肥私。开叔不干这事。即便在他自家的自留地旁,开叔也不那么做。所以开叔在放牛的同时,还要带上粪兜粪勺。如果牛在别人的自留地旁拉屎,或来不及拉在路上了,他就一粪勺一粪勺地将牛屎勺进粪兜里。再背着粪兜,把牛屎送到生产队的地里。顺便,开叔还拾点动物粪便,一并倒到生产队的地里。

牛吃的是草,有些没被完全消化了的粪便,里面还有很多草。这类粪便肥力不高,牛叔就把它们做成牛屎饼,晒干了堆放起来,冬天可以用来生火。生产队里有一口大锅,专门用来给几十头猪做食。这些牛屎饼在冬天便被用来当柴火了。

到了20世纪80年代,分田到户了,生产队的牛也分了。开叔失落了好些日子,不是因为失业,而是怕失去了牛。看着这头,望着那头,哪头牛都是他的肉。最后他什么也没争,就要了两头老水牛。这两头老水牛老了,走路慢吞吞的,干活也不利索。别人都不要,他要了。这两头牛他养了近十年,太有感情了。

分田到户后,开叔还是养牛,其他农活他做不好。他现在只养了两头牛,别的牛分给别人了。他每天上午还是牵着牛,去灌溉渠饮清澈的河水,吃新鲜的水草。不过现在,他不背粪兜了。现在所有的地都分给了个人,生产队没地了,他没办法再把牛屁股对准生产队的地了。牛要拉屎了,不管路边是谁家的地,他都把牛屁股对准人家的地里。这家地的主人要是知道了,对开叔一定满是感激。

村里几乎每家每户都得到过开叔的牛屎恩惠,都说开叔人好,思想好。毕竟一泡牛屎比化肥管用呢。

到了20世纪90年代,农村人的生活水平有了很大改善。谁也不再在乎一泡牛屎了。于是开叔又一次遇上了新问题。

开叔还是一如既往地放牛,一片善意地将牛屎拉在别人的地里。这已是司空见惯的事,没有人再为这点小事对开叔充满感激。开叔这么做,从来也不是为了获取别人的感激。可不知从什么时候起,他的这个做法却遭到了非议。特别是那些年轻一代的农村人,对开叔的这个做法颇不以为然了。

那天开叔放牛回来的路上,走到小三家的地旁时,一头老水牛忽然翘起了尾巴。开叔急忙拉过缰绳,将牛屁股对准了小三家的地里,一泡热烫的牛屎拉在了小三家地里。牛拉完了屎,开叔牵着牛就回去了。

但中午时分,小三和媳妇找来了。小三说,开叔你这事做得不地道啊,你把脏兮兮的牛屎拉在我们家的地里,弄得我媳妇下地干活,一脚踩在牛屎上,一下就滑倒了,趴在了牛屎上。开叔看小三媳妇,穿的是高跟鞋,鞋帮上还有些牛屎。小三说开叔你这事做的,这不是让我媳妇这朵鲜花插在了牛粪上吗?小三媳妇是外地来的,和小三在城里打工时认识,和开叔并不熟。小三媳妇说,你都七八十岁的人了,怎么还干这种缺德的事呢?开叔解释说,我没有恶意,就是怕牛屎浪费了,所以拉进你家地里了。小三媳妇说,一泡牛粪能顶上一袋尿素啊?一袋尿素不就百把块钱吗?你弄脏了我这身衣服,你知道这身衣服值多少钱?实话告诉你吧,四百!开叔怔然了,然后忽然抽了自己一耳光,说,我该死,对不起啊,小三家的。

这件事在村里传开了,被人当作了笑谈。开叔也很长一段时间没有去放牛,这事让他丢尽了面子。他想不通的是,这事他做了一辈子,一直被人视为善行,怎么到了这代年轻人身上,就突然拐了个弯,被视为缺德的事呢?

开叔不去放牛了,可两头老水牛不让,它们习惯早上去灌溉渠喝水吃草了。开叔不去,它们就叫,就围着牛桩打转,用眼睛直勾勾地看着开叔。开叔心疼两头老水牛,看它们的眼神里满是乞求,只好再去放牛。不过,开叔不得不再背上粪兜粪勺了,因为他要把牛粪背回来。

过了几年,两头老水牛相继老死了。开叔伤心了好些日子。又过了一年,开叔去世了。

寻找证件

征锟想提钱的时候,才发现证件没了。发现证件没了,征锟首先给陈雪莉打了电话,说证件没了,银行卡和证件都放在证件夹里。陈雪莉说证件不在她那儿,征锟又去问老婆朱菲。朱菲若无其事地说没见着,征锟有些半信半疑。征锟最怕证件落入朱菲之手了,那样的话,卡上的存款就不保了。征锟开始在家里翻箱倒柜地找。证件夹里除了几张银行卡,还有身份证、医保卡、超市卡等。征锟不知道证件是什么时候丢的,除了出差,征锟并不常用证件。再说冬天衣服口袋多,征锟三天两头换衣服,今天皮夹克,明天羽绒服,证件换哪去了,征锟压根不记得。征锟在家里展开了地毯式的搜寻,结果是一无所获。

征锟先去银行,将几张银行卡挂了失。还好,卡上的钱分文没动。征锟便在家里继续找证件,找了几天,也没找着。想让朱菲帮他找,朱菲不理他。征锟和朱菲的关系一直不太好,两人闹过好多次了,就差崩了。离婚的事也曾几次提到日程上,但条件没谈拢,房子给谁车子给谁儿子给谁,双方争执不下,只好在一起凑合着过。

征锟想要房子。有了房子,征锟离了婚,马上就可以和陈雪莉结婚了。征锟和陈雪莉好上两年了,感情甚好,甜甜蜜蜜。每次想偷情了,就去宾馆开钟点房。浦城的宾馆十有八九他们都住过,他们常换宾馆,是怕被朱菲或熟人碰上。每次在一起时,陈雪莉都缠着征锟问离婚的事。征锟说,条件不谈拢,绝对不能离!没房子,咱俩睡马路呀?陈雪莉点点头,说我们的事,朱菲没发现吧?征锟亲了亲陈雪莉的脸,说,小祖宗,在这节骨眼上,这事要被发现了,还想要房子啊?等着净身出户吧。

可证件到底在哪儿呢?征锟把家里和办公室还有车上都找遍了,也没找着。陈雪莉也帮他找,连袜筒、鞋里都找了,就是没有。征锟想,如果证件再不出现,只好补办了。

就在征锟快要放弃的时候,这天晚上,九点来钟,征锟和朱菲正坐在床上看电视,电话响了。电话离朱菲近,朱菲顺手接了。电话里传来一个悦耳的女声,喂,您好,是征锟的家吗?朱菲警惕地问,是,你是哪位?有什么事吗?对方答非所问地说,太好了,终于找到了。朱菲正感到纳闷,对方又说,我是海南旅馆的前台服务员,征锟的证件落在我们这儿了,麻烦他本人来取一下。朱菲挂了电话,冷冷地转过脸,对征锟说,你的证件找到了。征锟正在看电视,一听说证件找到了,激动地问,在哪?朱菲翻了翻白眼,略带嘲讽地说,在海南旅馆呢。一提旅馆,征锟没来由地紧张起来,嬉皮笑脸地说,你开玩笑吧,怎么会在旅馆呢?朱菲没有半点玩笑的意思,板着脸说,是啊,你的证件长腿了,自己跑去了呀。征锟尴尬地笑着,说,你别怀疑我,我是浦城人,怎么可能在浦城住宾馆呢?朱菲哼了一声,说,那些宾馆的钟点房,难道都是给外地人开的?征锟嘿嘿地笑着,然后岔开话题,结结巴巴地说,也许,也许是我路过那儿时,证件正好掉了,被海南旅馆的服务员捡了吧?嗯,我现在就去拿,快急死我了。朱菲说,慢着,这么晚了出去,老婆不放心,老婆陪你去吧。征锟说不麻烦你了,海南旅馆多远呀,十来里地呢。再说你老公一个男人怕什么?朱菲淡笑了一下,说,就因为你是男人我才怕呢,海南旅馆小姐多,我老公这么帅,能没危险吗?走,老婆陪你一起去。征锟在心里叫苦不迭。

到了海南旅馆,征锟走在前面,先朱菲一步到了前台,向服务员使个眼色,说,你们在哪儿捡到我证件的?是在门口吗?服务员笑笑,看了看朱菲,机智地说,我不太清楚,都好多天了。我们一直在等您来取,可您一直没来。我们就去派出所查您的户籍,也没查到您的手机号,只查到您家里电话号码,才给您家里拨电话的。朱菲问服务员,你们是哪天捡到证件的?服务员查了一下失物登记簿,说,十二月十五日上午九点半。朱菲说,请把你们的住宿登记簿给我看一下。服务员看了看征锟,将登记簿递给了朱菲。

朱菲翻到十二月十四号,马上找到了征锟的名字。征锟在十二月十四日晚上九点办了入住手续,还登记了身份证号码。朱菲将本子扔给征锟。征锟一看,头皮都麻了。朱菲气呼呼地说,我记得很清楚,十二月十四号我出差了,因为那天是我的生日!你是不是趁我没在家,到旅馆找小姐了?你给我交代,不说清楚,我和你没完!征锟唯唯诺诺,脑门上沁出了细汗。朱菲又问服务员,他是一个人来住的吗?服务员说,可以查登记簿的呀,凡是入住我们海南旅馆的,无论男女,一律要登记身份证。朱菲又查登记簿,不觉倒吸了一口冷气。登记簿上,和征锟住同一房间的,竟是朱菲的名字。征锟一看,脑门上的汗珠往下淌了。

这是征锟的妙招。征锟和陈雪莉开房,一般不敢用陈雪莉的身份证,每次都用朱菲的。征锟手里持有一张朱菲的老身份证,还没过期呢。当初征锟帮朱菲办理新身份证时,特地找朋友办的,朱菲的老身份证便没上交派出所,悄悄地留在自己身上了。当然,朱菲不知道。后来征锟和陈雪莉开房时,就派上用场了。

两人出了海南旅馆,又大闹了一场。征锟自知理亏,死活不

开口,任朱菲又骂又踢。朱菲一怒之下,打了个的士走了,一夜未归。征锟悄悄地给陈雪莉发了个信息:给朱菲抓着把柄了,房子泡汤了,没准要净身出户了。

奇怪的是,第二天一早,朱菲就回来了,两人都不说话,但也没闹。征锟一直等着朱菲火山喷发呢,可朱菲的火山像被暴雨浇灭了,闭口不提那件事,像什么事也没发生一样。征锟不知道朱菲的葫芦里卖的是什么药。征锟不会想到,其实是朱菲不敢追这件事了。

十二月十四日那天,朱菲根本没出差,而是打着出差的幌子,和情人岳冬开房了。这天是朱菲的生日,岳冬要为朱菲过生日,于是朱菲对征锟撒了个谎,说是出差,其实是和岳冬在宾馆泡了两天一夜。巧合的是,岳冬和朱菲住的宾馆,也是海南旅馆。海南旅馆离市区远嘛。所以朱菲告诉岳冬这件事时,岳冬慌了,说,菲,这事别追究了,否则就查到我们自己头上了。名声坏了是小事,净身出户就惨了。那天我们也开房了,我和你的身份证也都登记了。服务员细心的话,肯定就会发现,同一个朱菲,身份证和照片都一样的,怎么能登记在两个房间呢?

孔　雀

晶语缘,莫愁湖的西侧,一家不起眼的水晶店,如莫愁湖里的一枝小荷,静穆地立着,全无声息。

她从莫愁湖走过来,一直往前走,就走到了晶语缘。这是周末，她逛了莫愁湖后，趁着兴致，又见天色尚早，便沿着湖街，优哉游哉地前行，就走到了水晶店的门前。

从她进店的那一刻起，他就在默默地注视着她。他没有马上前来搭讪，而是站在柜台内，若有所思地看她。目光是缥缈的，神情也缥缈。她进店的时候，就感觉到了。那是一束非凡的目光，像炽热的火，像滔滔的水，时而正看，时而侧视，时而奉迎，时而闪避。目光柔柔，如影随形。她到项链柜，他的目光照至项链柜。她到手镯柜，他又照到手镯柜。喂，老板——她叫他，借机窥视他。果然是个俊朗如月的男人，秀逸利索，面容姣好。她忍不住又去瞄他，却与他撞上了。砰，像撞上了一个星球，她心惊肉跳，手足无措，急忙低头，去看那琳琅的手镯，心悬在了半空。

他飘然而至，白指落在柜台上。他不看她的眼，只看她的手。您的手腕灵巧、细嫩、白皙，这款手镯倒是非常适合您。他从柜台里取出一款精致的手镯来，拉过她的手，将手镯戴上。舒舒痒痒的触觉，令她不寒而栗。她有些情不自禁，掉过头去掩饰窘态。身后是镜子，镜子里的自己，俏丽、苗条、白净、性感。

啊！他惊叫起来，太完美了，简直是美轮美奂，绝伦无比呀。卖了这么久的水晶，我还没遇上如此完美的绝配呢。好马配好鞍，好手配好镯啊。这手镯，简直为您量手定做的。他从她的眼打量到她的手，再打量到她的腰，再回到她手上。靓妹，这手镯还用摘下吗？他顿了顿，要是摘下，实在太可惜了。他摸着她的手和手上的手镯，眼里流露出殷切的希望。她惊喜，她激动，她努力抑制着喜悦，莞尔一笑，说，不用摘了。他松了手，说这手镯终于物有所值了，这么着吧，少收十块。

她连声道谢，戴着手镯走远了。

孔雀开屏，自作多情。这是今天的第十只孔雀了。他抽出收银箱，数了数钞票，笑意盈盈。

两天后的中午，她又来了晶语缘。她一进门，他的目光便再次黏在了她身上。她笑，他也笑。只是他笑得陌生，眼神也陌生。她明白，他是生意人。生意人不会惦记顾客，只会惦记顾客的钱包。

如此一想，她便笑如春风了。上次买了水晶手镯，密友们都说好。我说是你推荐的，密友们更夸你有眼力。她们建议再配个水晶项链，才没有缺憾。他笑了，笑容不再陌生。她说，帅哥，你长得像言承旭呢，言承旭是我的偶像。她边说边盯着他。他笑得自信，甚至自负。她说，大帅哥，还是你帮我挑吧，我相信你的眼光。他淡淡一笑，颀长的手指在柜台上飞来飞去，最后停在了一款一千八的项链上。不愧是帅哥，果然好眼力。她笑得眼都眯了起来。他帮她戴上项链。温热如玉的手指，滑过她细嫩的脖颈，她迷醉得闭上眼睛。她伸出手，捏着他的手，像品一壶美酒。靓妹，项链还用摘下吗？他问。她仍捏着他的手，说，你说呢？他温婉一笑，说，这项链非你莫属了。少收一百，一千七吧。她应诺，从坤包里拿钱包，蓦地尖叫，天哪，我的钱包呢？继而皱紧眉头沉思，哦了一声说，钱包落在家里了。他说，我给你留着，你回去取吧。她说，来不及了，我要戴着项链去赴宴呢。他说，让家人送过来吧。她说，家里没人，我未婚。

要不……她展开笑颜，偏头看他，目光水一般地柔，要不晚上，你去我那儿拿？她不免羞涩，颤着声音说，能与帅哥共度良辰，何等开心哦。她低下头，咬着唇，像等待着他的判决。他愣了一下，忍不住看她。她的脸颊绯红，楚楚怜人。他收到了她的暗示，马上明白了什么，脸色忽然灿烂了。也好，也好，晚上我亲自去取。她报了一串数字，他拨了，她的手机响了。我就住在水西门大街,离这儿不远,晚上十点,打我电话,不见不散。她伸出葱细的手指,和他拉钩。

她戴着光洁的项链,满意地离开了。渐行渐远,出了晶语缘的视线,她放声笑了。呆孔雀!她取出手机卡,用葱指弹了出去。手机卡在空中划了个圆弧,飞进了草丛中。

寻找影子

我和婷婷经人介绍认识,相处了五个月,关系一直不咸不淡。婷婷温柔恬静,少言寡语,我非常喜欢她。然而婷婷对我不是很热情。我问婷婷我到底哪儿不好,婷婷支支吾吾地说不出来。我举起断了一截手指的右手,问婷婷是不是嫌我这么点残疾?婷婷说不是。我说那分手吧。婷婷说,不。后来在我的再三逼问之下,婷婷才说,你很像一个人。像谁?我问。婷婷又不说了。我说,你的初恋?婷婷摇摇头,缄默不语。我这才明白,婷婷和我相处,只因为我像了一个人。说白了,我就是那个人的影子!

我不甘活在别人的影子里。但我真的很爱婷婷,实在难以割舍这份情感。婷婷让我给她时间,让她慢慢地接受我。我答应了。我不失时机地询问婷婷,我像的那个人的情况。我要寻找我的原型,我想知道他有怎样的魅力。我问,他叫什么,婷婷摇头。我问,他做什么,婷婷还是摇头。我问你们认识了多久,婷婷再次摇头,说,我们不认识。我差点没晕过去。一个不认识的人,对她居然这般重要。我又问,我和他长得像?婷婷低声说,我确实不知道。那我和他身材像？婷婷点点头，有点。还有哪里像？我追问。婷婷说，我说不上来，就是有点像。带我去见见他好吗？我请求婷婷。婷婷说，我不知道他在哪里，都是一年前的事了。

女人就是这么奇怪，你很难猜透她们的心思。婷婷更是这样，我根本弄不懂她的心思。她含糊其辞，词不达意，让我很是费解。我隐约觉得，婷婷和那个人之间，一定发生了什么，而且带着某种隐私，让她无法启齿。他们或许接触不多，但印象非常深刻。

婷婷对我的态度日渐好转。但我没忘记我是别人的影子，我很想找到那个人。每当合适的时候，我就向婷婷了解那个人的事。遗憾的是，婷婷什么都答不上来，甚至连长相都说不上来。但婷婷还是说了她和那个人之间的事情。其实她和他之间没有什么，她真的不认识他。只是有一次，婷婷在甘泉路被抢劫时，那个人英雄救美，和歹徒搏斗，婷婷当时吓得惊慌失措，趁机跑了。后来，婷婷很是自责，觉得自己是个怕死鬼，在那么危急的时刻，居然不顾恩人的安危，自己先跑了。等她事后战战兢兢地回去时，地上留了一些血迹，恩人和歹徒都没了。婷婷说我不知道我的恩人在哪里，不知道他当时受伤了没有，甚至连恩人的死活我都不知道。我好自私！婷婷用手捂着脸，嘤嘤地抽泣着。

看来婷婷是出于感恩，才惦记着那个人。我理解了婷婷。而且我觉得更有必要找到那个人，他救了婷婷，我们应该好好感谢他。

甘泉路我是知道的，那里曾是我的伤心之地。我和雪莉就是在那儿分的手。记得是一年前的一个晚上，我约雪莉在甘泉路见面。甘泉路街道两旁都是树，路上人也少，晚上显得特别黑，但那是个谈恋爱的好地方。我到了甘泉路，就听到尖叫，一眼扫过去，发现有两个歹徒，正在强奸一个惊恐万分的女孩。女孩裸着身子,被歹徒按在石凳上,拼命挣扎。糟糕!雪莉被人强奸了!我马上反应了过来,并冲了过去,和歹徒打了起来。两个歹徒放下雪莉,挥着拳头冲我打来,打得我头晕眼花。我一边招架,一边高喊,雪莉,快跑!雪莉裹着衣服,趁机跑了。一个歹徒一脚将我撂倒在地,另一个歹徒挥着匕首砍中了我右手的小指。我疼得几乎晕了过去,打个的士到医院包扎。后来雪莉听说了,跑来看我,看看我的手指,咬咬嘴唇,说了声再见,就走了。雪莉这一走,就再没回来。雪莉的手机号换了,QQ 号也弃用了,我们从此失去了联系。我想不明白,我为了救雪莉而落下了残疾,雪莉竟弃我而去,这究竟是为什么呢?

此后,我再没去过甘泉路,也从不对任何人提起那件事。往事如风,过去的就让它过去吧。只是每每看见我的断指时,心里会涌起隐隐的痛。

后来有一天,婷婷忽然对我说,想去甘泉路走走,找找恩人的影子。我面露难色。我不想去那伤心之地,有时路过那儿,我也会绕道而行。可婷婷提出来了,我没有理由拒绝。婷婷不知道我的心事,我一直没对她说起我和雪莉的事。

晚上,我和婷婷去了甘泉路。小路还是那么深沉,幽静,路灯苍白,行人稀少。我们走到一个石凳前,婷婷竟恸哭了。我也有流泪的冲动,就是在这个石凳上,雪莉被歹徒强奸了。婷婷看着我说,我想和你说个故事,我从不对人说起的故事。我说,我也想和你说个故事,我也从不对人说起的故事。婷婷点点头,你先说吧。我说了那天晚上雪莉的事,说了雪莉留给我的不解。婷婷听了,突然失声痛哭,我劝都劝不住。

哭了好一会儿,婷婷才停下问我,你知道雪莉为什么离开你吗?我说不知道,可能是嫌我手指断了吧?婷婷说不是,是因为她失身了,觉得配不上你了。我很是惊讶。婷婷问我,如果雪莉被人强奸了,你会嫌弃她吗?婷婷用期待的眼光看着我,像等待审判似的。我认真地说,当然不会,爱情是至高无上的。

婷婷偎在我怀里,轻轻地说,如果那人不是雪莉,而是我,是我被奸污了,你会嫌弃我吗?我吻了吻婷婷的唇,坚决地说,不会,因为我很爱你。

婷婷把头枕在我的肩上,说,想听我的故事吗?我摸着婷婷的秀发,点点头。婷婷低声说,其实,我的故事就是你的故事,你救的那个人,不是雪莉,而是我。我吃了一惊,猛地扳过婷婷的脸,说,这怎么可能?这不是真的!婷婷望着我,含着泪点头,说,确实是真的,你就是我的恩人,我终于找到你了。我一时转不过弯来,我说,你不是说你被打劫的吗?婷婷说,我一直不敢面对那件事,我怕我说了真相你会离开我,所以才撒了谎。当然,如果你不能接受我,我不会怪你。我诚恳地说,婷婷,往事如风,就让它过去吧,我爱你,婷婷!

我和婷婷紧紧相拥,任晚风抚慰着两颗受伤的心。

荷塘月色

荷塘,月色;月色,荷塘。

赵瑾握着方向盘,脑子里盘旋着那幅画。不只是现在,近些日子,这幅画反复出现在赵瑾的眼前,几度在梦里身临其境,几度在日里忽至忽逝。画,是那么清晰,是那么富含生气。月白如昼的夜晚，杨柳飘曳的水面，一朵朵粉色莲花，傲然挺立在碧波绿水间。河面上笼罩着浅浅的烟雾，无数的莲叶簇拥在水面上。满目的荷塘，如茵茵草坪，在晚风中轻轻飘荡。记忆在向深处漫游，赵瑾能听到稚嫩的笑声，清脆，响亮。胜利在笑，素芳在笑，社教在笑，彩云在笑，像一支童年的交响曲，无忧无虑，天真无邪。记忆潜入更深处，赵瑾看到了自己，光着小屁股，扑通一声扎进水中，藏在一朵莲叶下面，和彩云捉迷藏。彩云不会水，便捡起坷垃往水里扔。赵瑾潜入河底，抓一把淤泥，突然露出脑袋，振臂抛向岸上的彩云，不偏不倚，淤泥落在彩云的花衬衫上……

都是四十年前的事了，离开故乡都有二十年了，咋还记忆犹新呢？童年时，赵瑾并不觉得故乡的荷塘有什么特别之处。上中学后，坐在月满荷塘的岸边，背着朱自清的《荷塘月色》，赵瑾愣是不明白，朱自清何以把荷塘说得跟天堂似的呢？如今，记忆又莫名地开始回放，那个普普通通的荷塘，竟成了记忆中最生动的场景。童年的趣事，在这个舞台上，一幕幕上演。是什么缘由，让自己跌进往事中了呢？前思后想，赵瑾给了自己一个答案：乡思成灾！阔别二十年了，故乡已渐渐隐没在繁华的都市中。然而故乡，如同一把提琴，稍一触动，优美的琴音便飘然而至。待琴声悠扬乡思泛滥了，赵瑾无论如何也坐不住了。

赵瑾决定回一趟老家，再看一眼荷塘，找找自己童年的影子。

中秋夜，正是观荷赏月时。奔波了十六个小时，赵瑾的车子停在了村头。赵瑾凭着记忆，欲寻去往荷塘的曲径。但赵瑾很快发现他的想法是错误的。记忆中的曲径，与眼前的柏油马路，无论如何也不能吻合。月色下的村庄，时隐时现，赵瑾辨不出哪家哪户了。黑色的柏油马路，像一条巨蟒游往前方，穿村而过。赵瑾没有别的选择，只能顺着柏油马路走。走在柏油马路上，像走在城市里，赵瑾感受不到乡村的意味，更感受不到故乡的亲切。赵瑾甚至怀疑自己是否走错了地方。再三考证后，赵瑾确认，这个沉睡的村庄，就是自己生活过的地方。

顺着马路，往前走了半里许，赵瑾的面前呈现一片开阔的视野。只见无比辽阔的湖面上，月也朦胧，雾也朦胧。这样的湖泊，不属于赵瑾的童年。赵瑾坐在湖边，面对浓雾如纱的湖面，一点点揭开茫然如烟的记忆，追问着湖泊的源头。可是，脑袋像干枯的古井，无波无澜，怎么也不见最初的湖泊。赵瑾沿着湖泊漫步，湖好大，有六个足球场那么大。湖面上漂浮着莲叶和荷花，在皎月下随风而舞。

第二天，赵瑾找到社教，儿时最亲密的伙伴。问起湖泊的事，社教笑了。那是一片人工湖，就是我们小时候玩耍的荷塘，开发五六年了，现在成了旅游景点，游客可多了。两人信步湖边，社教不无自豪地介绍着。赵瑾的内心，惆怅在一点点涌泛。这真的是儿时的荷塘？赵瑾问。社教点头。不只是你，素芳、胜利、彩云他们每次回来，都说变了，变得难以置信了。就是这个湖，每年给村里创下几十万收入呢。

赵瑾不免失望，总觉得缺失了什么。

一年后，赵瑾接到社教电话，回来看看吧，看看我们小时候的荷塘吧。

正好赵瑾得空，带着疑问回来了。没想到，素芳、彩云、胜利都回来了。社教带他们一起看老荷塘。在一片田野中，一个荷塘赫然出现，与儿时的荷塘竟不差分毫。赵瑾穿个裤衩，拉了胜利下水，胜利一把拉住素芳，素芳也下了水。社教也甩了衣服，跳进水中。彩云不会水，在岸上笑。虽然都上了岁数，但玩起来，仿若回到了那远去的童年。

怎么想起来弄这么个荷塘的?

玩够了,上了岸,几个人围坐在堤岸旁,吃菱角,谈笑风生。社教说,咱村里出去了不少人,在外面闯荡的有几十人。他们每次回来,都说想家。可家乡一天天在变,变得面目全非,变得他们找不到亲切感了。赵瑾说,是啊,人在异乡,无论走多远,心里装着的总是故乡。素芳说,大家在外漂着,也都不容易,总想回到家乡,能找一份慰藉,找一份温馨的回忆。社教说,所以我萌发了这个想法,在我的自留地上造个荷塘,按照我的童年记忆,尽可能恢复老荷塘的原貌。彩云说,那,你不是没收成了?

社教笑了,怎么没收成?荷塘里的莲藕,水里还搞养殖,不都是收成吗?再说,能让你们聚在一起,找回童年的感觉,这收获多大呀。

别无选择

半个月前,区消防大队来到怡宁厂检查时,发现怡宁厂存在许多安全问题,其中最严重的安全问题是,有三栋楼没有消防设施。区消防大队当即给怡宁厂下达了限期整改通知,限令一个月内整改完毕,并将如期复查。

区消防大队送来的《责令限期改正通知书》,现在就放在怡宁厂总经理谭益堂的写字台上。此时的谭总双眉拧紧,心神不定,一时理不出头绪该如何处理这件事。谭总粗略地算了一下,按照消防大队的要求进行整改的话,大约需花五万元。

在谭总看来，这不是钱多钱少的问题。怡宁厂开办六七年了，这点钱算不了什么。问题是，钱要花在刀刃上。如果把五万元投入到生产中，立马就能见到效益，投入到安全设施上，却产生不出效益来。

谭总左手支着下巴，右手不停地把玩着铅笔。他在思考，如何才能省下这笔开支。

想了一会儿，谭总的眼睛亮了。一个人跳到了他的脑海里：谷玉。谷玉是谭总过去的战友，现在区政府工作。谭总开办怡宁厂，谷玉帮了不少忙，怡宁厂才得以风平浪静地走过了六七年。

拨通谷玉的电话，谭总直截了当地说了情况，谷玉说："没问题，一个电话帮你搞定！"谷玉就是够意思。

第二天下午，谷玉来了电话："老谭啊，安全方面的事情，看来不是我们想的那么简单。不过，我约了消防大队叶大队长，今晚在一起坐坐，给你认识一下。"谭总听出这件事谷玉有些力不从心，看来是不太好办。倘若不是谷玉亲自出马，只怕很难请得动叶大队长。

谭总的预感没错。餐桌上，尽管有谷玉作陪，谭总也连连敬酒，可叶大队长的话丝毫没有商量的余地："安全工作是没有任何弹性的，我这个大队长也无能为力。我们可以把整改时限稍作延长，但整改是必须的，这是没有商量余地的。"

过了两天，谭总又亲自登门拜访了叶大队长。谭总说工厂目前经济困难，拿不出整改资金来，还请叶大队长帮忙通融通融。叶大队长摇摇头，仍是强调必须整改。谭总早有准备。这年头办什么事都要花钱，谭总在告辞时，悄悄将一个装着5000元现金的信封，放在叶大队长的办公桌上。

不料第二天，叶大队长就差人将5000元现金原封不动地退了回来。谭总内心很是不快。

怡宁厂办公室尹主任献计说："谭总，你把钱送到办公室，叶大队长自然不敢收。如果把钱送到叶大队长的家里，他就不会拒绝了。"谭总觉得尹主任的话说得有道理。

晚上，谭总悄悄去了叶大队长的家里，叶大队长不在家。谭总把情况说了，同时递上5000元红包，叶大队长的老婆连声说，好办，好办。她笑逐颜开地收下了红包。

一个星期后，谭总满怀信心地迎接消防大队来工厂复查。怡宁厂并未做任何整改，这令消防大队很不满意。消防大队再次给怡宁厂下达了整改通知，并处罚了3000元现金。

这大大出乎谭总的意料。谭总和尹主任商量对策，是不是送钱太少？如果是，那就再送点。谭总想："我就不信这年头，还有花钱办不了的事！"

这天晚上叶大队长正好在家，谭总再次恳请叶大队长帮忙疏通一下。但叶大队长仍是那句冷冷的话："必须整改！"临走前，谭总又悄悄地将装有10000元现金的信封，放在了茶几上。

"现在可以高枕无忧了吧？"谭总想。

五天后，有几个民工给怡宁厂送来了十个防火门。谭总正感诧异时，手机响了："谭总，您好。"谭总听出是叶大队长的声音。叶大队长说："前两次共收到您送来的现金15000元，我为您做了十个防火门，附有发票，请您验收。""叶大队长，您这是……""谭总，您应该明白，安全工作不容忽视，任何人都不能利用职权，营私舞弊，万一出了事故，谁也担当不起啊。还是请您以安全为重，尽快整改。除此之外，我们别无选择。"

叶大队长一次退款，一次送门，让谭益堂终于明白了，不是叶大队长不通人情，不给面子，是因为安全重于泰山，安全高于一切。叶大队长连防火门都送来了，是何等地用心良苦。谭益堂拿出整改通知，对着整改要求，向安全主任下达了整改决定。

最可敬的人

在学校门口，老董的电瓶车撞上了一辆奥迪车。他当即摔倒在地，滚了好几滚。开奥迪的中年人赶紧把老董送进医院，还好，老董只是右腿骨折，打上石膏，休养两个月就行了。中年人看老董没出大事，试探着说："大爷，这事就私了吧？"

老董哎哟哎哟地叫痛，问："怎么私了？你那奥迪很贵吧？"

中年人显然不想提奥迪，忙说："这与奥迪无关。这么着吧，以后您的医药费，全由我出。等您好了，您的误工费、营养费什么的，我再补给您。"

老董的脑子一时转不过弯来。转不过弯来的老董不敢多说话。中年人以为老董有想法，说："大爷您放心，我不会少给您的。"老董点点头，算是应允。

中年人真不错，经常来探望老董，嘘寒问暖，送东送西。不过没开奥迪来，骑的是摩托。老董说咋不开车呢？中年人说："撞了您后，心有余悸，不敢开了。"

每次来到老董家，中年人都要陪老董聊会儿天。老董总是一副愁眉苦脸的样子，中年人就开导老董，现在老百姓生活舒心，好日子刚开始，对生活要有信心。中年人讲了许多道理，给老董不少启发。

老董说:“看你就是个有学问的人。你尊姓大名啊?”

中年人笑笑,说:“我姓徐,叫徐正兵。”

一晃两个月过去,老董拆了石膏,腿伤痊愈了。

徐正兵说:“按照我们事先的协议,医药费我全出了,还有误工费、营养费什么的,我也不知道你月薪多少,干脆,我再补你两万吧。”

老董连连摆手,说:“使不得使不得,误了你不少工作,哪能要你的误工费。营养费更不能收了,你每次来都带东西,我感激还来不及呢。”

两人像吵架似的,最后徐正兵坚持丢下一万五。

“真是好人啊!”老董很是感激,泪花在眼里打转。

那天老董在家看电视,看到个栏目,“寻找最可敬的人”。老董觉得徐正兵就是最可敬的人,于是老董去了电视台,和记者讲述了自己的故事。

车祸之前,老董对生活就没了信心。老董将辛苦一辈子的积蓄五万块钱,给了一家借贷公司,对方承诺两年后连本带利还款八万。谁知没几月,那公司就关门了,老董的五万块钱全泡了汤。老董一下慌了手脚,天天去那家公司的门口等,期望老板出现。等了个把月,老板影子都没有。老董想不开了,恍惚间有了轻生的念头。那天骑电瓶车回家时,看见有辆车开过来,老董想一死了之,便撞了上去。可老董命大,只摔了个骨折。老董想这下完了,撞坏人家奥迪,肯定要赔偿了,他拿什么赔呀?他没想到,对方不但不要他赔偿,反而还要给他赔偿。这个好心人就是徐正兵。徐正兵不但给他治了腿,也给了他生活的信心。老董将徐正兵如何照顾自己的事全说了。末了,又将徐正兵的奥迪车牌号码和摩托车牌号都给了记者。

老董最后说:“他让我明白,这个世界上,还是好人多啊。他让我重新振作起来,对生活有了信心。徐正兵就是我最可敬的人!”

老董的故事,当晚就在电视台播出了。老董将憋在心里的话说了出来,心里很踏实。

一周后,徐正兵来了,他脸色晦暗,说:“老董啊,我没对不起你吧?”老董愧疚地说:“是我对不起你啊。那天是我主动撞你的。这样吧,我把一万五退给你,医药费等我以后有钱了再还你。”

徐正兵半晌没说话。最后,定定地看着老董,说:“我是个公务员,那天我送孩子上学,开的是局里的公车。公车是严禁私用的,我私用了,还撞了人,就更不得了啦。我和你私了,就是怕你把这事张扬出去,谁知你还上电视台张扬了。”

“啊?”老董很是难过,说,“我完全是出于感激,才去电视台表扬你的呀。”

“麻烦了,”徐正兵痛苦地低着头,“我有了这个污点,只怕一辈子都不能晋升了。”

红灯停　绿灯行

堃仔很帅,一表人才,却一连谈了两个女友都吹了。和第一个女友拍拖时,女孩对堃仔甚是满意。有一次用摩托车载着女友逛街时,堃仔玩起了飙车,在一个拐弯处将一个冷不丁冒出来的小伙子撞出去四五米远。还算幸运,堃仔和那小伙子都只受了点皮外伤。女友无情地向堃仔亮起了红灯,头也不回地走了。

堃仔很快走出了痛苦,又和另一个女孩好上了。跟新女友拍拖没出两个月,堃仔的爱情再次亮起了红灯。仍是因为堃仔飙车,带上女友便得意忘形,过马路时明知红灯也要硬闯,他抓住无车的缝隙,疾电而驰,却差点与侧面而来的大货车相撞,吓得女友花容失色,面如土灰,因精神过度紧张而住进了医院。就这样堃仔与第二个女友又拜拜了。

两任女友相继分手,堃仔如同被泼了一盆冷水,清醒了许多,玩起摩托来也收敛了。不久,又一个女孩阿蒴走进了堃仔的视野。阿蒴不但人长得靓,且善解人意,对堃仔体贴入微。更重要的是,阿蒴是一家工厂的安全员,安全意识非常强。那天堃仔载着阿蒴过马路时,堃仔又兴奋了,眼看黄灯仍要强过。阿蒴用不容置疑的口吻大声训斥:停车!严厉的语气把堃仔一下震惊了,连忙一个急刹车停了下来。阿蒴并未饶恕堃仔,回家后阿蒴捧来了一大堆安全方面的书籍让堃仔学,还给堃仔讲了许多典型事故的案例。堃仔感触颇深,第一次明白安全是多么重要,不禁为自己过去的鲁莽行车捏了把汗。

自此,堃仔再也不玩飙车了。阿蒴为他高兴,决定考察堃仔一段日子。如果堃仔两个月内不再违反交通规则,就答应嫁给他。

阿蒴的话比警钟长鸣还管用,堃仔也不玩飙车了。两个月眼看就要到了,想到阿蒴将嫁给自己,堃仔的心里像喝了蜜似的。

这天,堃仔正骑车上班,忽听一声:“打劫了!抓贼呀!”堃仔回头一望,只见两个骑摩托车的男人正在仓皇而逃,坐在后面的男人抢走了一个妇女的背包。堃仔不由分说掉转摩托车头,尾追

而去。两个贼见有人骑摩托车追赶，心里惊慌，加足马力疾驰。堃仔本是飙车高手，跟在贼的后面紧咬不放，很快就逼近了前面的摩托车。

谁知前面突然拐出一辆卡车，两个贼躲闪不及，重重地摔倒在马路边。飞速而至的堃仔也未料到出现这个情况，左避右闪，最终还是摔倒了。两个贼受了伤被逮住了，堃仔也受了伤住进了医院。

阿蒴穿着一身绿衫来医院看堃仔。堃仔很愧疚地说："阿蒴，对不起，我又飙车了。你还会嫁给我吗？"阿蒴莞尔一笑，反问道："你说呢？""我、我不知道。"阿蒴噘着嘴道："那说明你对交通规则还不熟。""什么？不熟悉交通规则？"堃仔不解。"红灯停，绿灯行。可你却视绿灯而不见，不说明你没有交通安全观念吗？"

"绿灯？"堃仔搔着头想了一会儿，忽然恍然大悟了：原来阿蒴穿的这件绿衫就是向我亮起了绿灯啊！堃仔猛地从床上跃起来，抱住阿蒴就要亲。阿蒴用手一挡："切记，见义勇为也要注意安全。"说完，阿蒴给了堃仔一个长长的热吻。

寻找雷锋

孙云霞是个出租车司机，她是唱着《学习雷锋好榜样》长大的，雷锋精神早就深深烙在她的心里了。今年是雷锋去世六十周年，孙云霞就在琢磨，这首歌唱了几十年了，总得表现点雷锋精神吧？怎么表现呢，孙云霞想，自己是一个出租车司机，是一颗微不足道的螺丝钉,大事情她干不了,就干点小事吧。以后老弱病残们坐车,统统免费。

这天孙云霞在街上看到了一对老夫妇,步履蹒跚,行动不便。孙云霞立即将车子靠了过去,对两位老人说,老师傅,坐车子吧,不要钱。二老愣了,半天不说话。孙云霞又说了一遍。二老这回听明白了。可孙云霞没想到老先生竟然摆摆手,生硬地说,不坐。孙云霞以为听错了,下了车,走过去劝他们上车。他们却死活不同意,相互搀扶着走远了。孙云霞摇摇头,但没有泄气。开了一会儿,孙云霞又遇见了个孕妇,站在路边等车。孙云霞又将车靠过去,问,大嫂,去哪?我送送你吧。孕妇望着孙云霞半天,说,我等公交车。孙云霞说公交车多挤啊,我送你,免费的。孕妇说,天下没有免费的午餐,又哪来免费乘出租车的?

孙云霞明白了,这年头,没人相信有人会做好事。孙云霞想了个办法,去广告店制作两个大大的牌子,挂在车上。牌上写着:学习雷锋好榜样,老弱病残免费上!朗朗上口,通俗易懂。孙云霞在车的两侧都贴了这个牌子,效果明显不同了。老弱病残者一见孙云霞的车就招手,孙云霞也很乐意将他们送到目的地。孙云霞几乎每天都能送上三四个行动不便的客人。半月下来,孙云霞送了几十个老弱病残者,心里美滋滋的。有次孙云霞拉了个老态龙钟的长者,下车时长者非要给钱,孙云霞当然不能收。长者很感动,又要孙云霞到她家里坐坐。实在推辞不了,孙云霞只好顺从了她的意思。她让孙云霞坐下,然后进房间摸索半天,竟摸索出一枚雷锋像章来。长者说这枚像章,只有你才有资格戴,我把它送给你,希望你能将雷锋的精神传下去。孙云霞很感动,将像章别在胸前,又给老者恭恭敬敬地行了个礼。

孙云霞一般都守在苏北医院的门口,那儿做好事容易。医院

门前的老弱病残者多。这天早上，孙云霞见到个小巧玲珑的女人，正一瘸一拐地在前面走着。走了两步，她就蹲下了，抱着腿搓揉。孙云霞赶紧将车子停在她身边，然后下了车，拉开车门，说，姑娘，上车吧。女人抬头看了孙云霞一眼，就上了车。孙云霞在车镜里看，女人挺漂亮，不禁有了怜香惜玉之意。这么漂亮的女人，要不是个残疾，准能走上T型舞台。女人上了车，就一直抱着腿，直到下车。多少钱？女人大概没看到车身上的广告牌，手里准备了十块钱。孙云霞笑着说，走吧，不要钱。孙云霞亮了亮胸前的雷锋像章。女人笑，这年头还有雷锋啊。孙云霞赔着笑，说老弱病残坐我的车，一律免费。女人脸色变了，不高兴地说，我很老吗？孙云霞急忙解释，不是说你老，是看你腿上有残疾。女人说，我没残疾，我刚才是腿抽筋了。

第二天一早上，孙云霞又将车停在了苏北医院门口。医院门前没什么人，孙云霞闭上眼打个盹儿。忽然有人拉开了车门，孙云霞一惊，睁眼一看，竟是昨天那女人。女人也吃了一惊，说，怎么是你呀？孙云霞问，去哪？这回女人听见了，说，荷花池。荷花池不远，十分钟就到了。女人下车时，掏了十块钱给孙云霞。

后来连着几天，女人都在一早上坐孙云霞的车去荷花池，每次都付钱。孙云霞奇怪，为啥总去荷花池呢？孙云霞揣摩，这个住院病人，早上去荷花池，肯定是晨练了。既然这样，孙云霞就不能收车费了，她是病人，老弱病残者一律免费。

孙云霞还是天天早上送女人去荷花池，但坚决不收车费了。女人开始不同意，非要给钱，但孙云霞有自己的原则，学雷锋做好事，对待老弱病残者要像春天般的温暖。既然女人是病人，就符合孙云霞的免费条件，孙云霞当然不能收费。

后来熟悉了，孙云霞知道女人叫罗萍，在一家牙刷厂上班。

送罗萍去荷花池，成了孙云霞的义务，天天准时送，分文不收。能为别人做好事，孙云霞心里特舒坦。有个晚上，孙云霞跑了一天的车，准备回家休息了。下车时，孙云霞发现后排的座位下面，有一袋鸡蛋，想必定是乘客落下的了，这可咋办？乘客一定着急，孙云霞心里更急。第二天，孙云霞先送了罗萍，顺便问是不是她的鸡蛋，罗萍说不是。孙云霞又要去找鸡蛋的主人。罗萍笑了，说不就是几斤鸡蛋嘛，你吃了呗。孙云霞说那哪成？要交还给失主。孙云霞一点点回忆昨天送的客人，去了哪些地方，然后在那些地方等客人出现。但忙了一天，都没找到失主。

这个早上，孙云霞照例在等罗萍。等了一会儿，罗萍才来，背着大包小包，还搀着个八十岁左右的老太太。孙云霞赶紧下车，接过罗萍手中的东西。罗萍对老太太很体贴，很关爱，始终搀着老太太的手。没想到罗萍还是个孝女呢。孙云霞将她们送到荷花池。罗萍请孙云霞帮个忙，将东西送上楼。原来罗萍的家就住在荷花池附近。

之后，孙云霞还去苏北医院，但没遇见过罗萍。

孙云霞有件心事一直未了，就是还没找到那个掉东西的人。奇怪的是，孙云霞再没捡到东西。有一天，孙云霞停车在苏北医院门口时，忽然想起了罗萍。想着想着，孙云霞就恍然大悟了，急忙开车去荷花池，去了罗萍的家。罗萍没在，老太太在。孙云霞说，我是来还钱的，你女儿送了我鸡蛋。老太太瘪着嘴笑了，说，罗萍不是我女儿，不过她比女儿还亲，她照顾我好几年了，特别是我住院那段日子，累坏她了，一早上她要回来熬好米粥，送到医院，安顿好我之后，再去牙刷厂上班，不能迟到的。

听了老太太的话，孙云霞忽然有了主意。不还钱了，将雷锋像章送给罗萍，她才有资格戴这枚像章！

面 试

狄小迪去上海一家纸品贸易公司应聘会计。来应聘会计的共有五人,人事经理告诉大家,应聘分三步,先是初步面试,然后理论考试,最后是过关面试。三关都过了,你就被录用了。狄小迪知道,一般企业单位招聘,都是这个流程。

人事经理先进行初步面试。初步面试主要通过询问的方式,了解每个人的基本素质和职业道德。狄小迪是个比较严谨的人,做会计五六年了,整体素质不错,自我约束力较强。狄小迪一直认为,做会计的人应当严谨,否则成不了合格的会计。面试开始了,狄小迪排在第四个。前面三个面试完了,人事经理面试狄小迪。人事经理通过反复地交谈提问,初步了解了狄小迪的性情和修养,对狄小迪的印象还不错。初试关过了。

接下来是理论考试,一个小时。财务经理给大家发了一张试卷,都是会计专业知识。这也难不住狄小迪。狄小迪正在考注册税务师,天天都在抽空苦学专业知识,可说是满腹经纶了。这张试卷比注册税务师的试卷简单多了。狄小迪用了四十分钟,就做完了试卷。当然,狄小迪没有马上交卷,时候尚早,还有二十分钟呢。狄小迪反复地检查,不留一丝疏忽,到交卷时,正好一小时。

约莫半小时,人事经理宣布了面试和笔试的结果,三人通过,两人被淘汰。

现在,只剩最后一道面试,就过关了。狄小迪在暗自思忖,最后的面试,会问哪些问题呢?如果问会计方面的理论知识,狄小迪是胸有成竹。如果问实务或者管理,狄小迪不是太有把握。狄小迪设想了几道问题,又想好了答案,心里有了些信心。

人事经理告诉大家,现在都去仓库。去仓库?三个考生面面相觑。人事经理用不容置疑的目光从每一个人脸上扫过。一个肥胖点的考生问,难道要我们扛大包吗?人事经理笑笑。胖考生提起包,出门去了。人事经理看着狄小迪和另一个瘦考生。狄小迪和瘦考生对视了一下,答应去面试。

进了仓库,狄小迪吓了一跳。仓库太大了,满眼都是纸品。纸箱堆得十来米高,像雪山一样。有几个人正在汗流浃背地背着纸箱,一言不发,埋头苦干。狄小迪和瘦考生迟疑了一下,也扛起纸箱来。

干了十分钟,大家到仓库外休息一下。一个中年搬运工给大家散烟。苏烟?瘦考生笑着接了,搬运工都抽苏烟,你们公司工资很高吧?狄小迪没接。不会吸烟?中年搬运工问。狄小迪笑笑,会,不过这儿离仓库太近了,要注意安全。

接着又干了十分钟,人事经理送来两瓶王老吉,说辛苦两位了,干了这么重的活,请问两位,有何感想呢?瘦考生气喘吁吁地说,我有点不明白,我们是来应聘会计的,却让我们扛纸箱,这两者有什么关系吗?人事经理未置可否地笑笑,说,有没有关系我不知道,我只知道,我们老板文化不高,最初就是扛纸箱的,扛出了这么大个公司来。人事经理又看狄小迪。狄小迪说,我感觉仓库有点乱,不便盘点。纸品应当分门别类地堆放,形状一致的,大小一致的,堆放在一起,这样盘点时就不用爬十来米高了,站在地上便可以推算了。瘦考生问,经理,我们啥时过关面试啊?

人事经理从袋里掏出一信封,递给瘦考生,说面试结束了,这是你的工作报酬。然后又对狄小迪说,你被录用了。

面试结束了?狄小迪和瘦考生惊愕地望着人事经理。

人事经理将狄小迪带到总经理室。狄小迪发现中年搬运工也在总经理室,坐在沙发上休息,他的上衣被汗水浸透了。中年搬运工又给狄小迪递了苏烟,这次狄小迪接了。狄小迪顺便提示中年搬运工:师傅,以后请别在仓库外面抽烟,那儿都是纸,见火就着,千万要小心火灾呀。

人事经理笑了,介绍说,狄小迪,他是我们老板詹总。刚才在仓库里,他已经面试过你了。

第七辑

风起的日子

飘扬的尿布

怎么也不会想到，在这节骨眼儿上，竟有一块白色的尿布，高高地飘扬在中茵名都的高楼上。

尿布挂在中茵名都十六楼的阳台外面，实在是太惹眼了。中茵名都是F城最高档的小区，楼层高，位置好，处于F城的主街道上。在这里挂一块尿布，仿佛是F城悬挂起了一面小白旗。

若是在平时，别说一块尿布，即使飘起“万国旗”，也没什么大碍。可眼下是什么时候呀，省里正在F城验收创建卫生城市呢。F城全城出动，全民创卫，政府早就宣布过了，不准在楼外悬挂任何物品。可是……唉，这是谁家啊？要立即上去敲门，命令马上将尿布收回去。我是创卫办工作人员，便带了两名城管人员上楼。不巧电梯在二十楼，按了半天没下来。我不能等了，省检查小组马上就要过来了，我们得爬上去。两个城管人员迟疑地望着我，我用不容置疑的口气说，上！

十六层不容易啊。爬到七层，我们就喘上了。之后每爬一层，两条腿就像拖着两个沙袋子。再跑过去看电梯，晕，不知啥时又回到了一楼。再按电梯，还是半天没反应。时间紧迫，更不能等了，继续爬吧。爬到十二层时，我实在爬不动了，大口大口地喘着粗气，双腿发软，筋疲力尽。两个城管说，还是等电梯吧。我摇摇头，不行，创卫是大事，万一过不了关，这责任谁担得起？于是，继续爬。终于爬到了十六层，我让两个城管人员敲门。我连举手敲门的力气都没了。这个敲了三下，没动静。那个再敲三下，还是没动静。两人又叫了半天的门，也没动静。我又接着敲，仍没动静，却把对门的大妈敲了出来。大妈疑惑地问，找谁？我问，这家人呢？大妈说，家里没人，两口子都上班了，在开发区呢，什么事啊？我说，政府三令五申不准在阳台外面挂衣服，他家怎么把尿布挂在阳台外面了？大妈啊了一声，有这事吗？赶紧回到自己屋里，跑到阳台上看。那块尿布正在风中自由飘荡呢。尿布蛮大的，有半扇窗子那么大。我说，今天是省里来检查创建卫生城，必须马上取下来。这死丫头！大妈说，我给小悦打电话。大妈小跑着进了房间，打电话。一会儿出来了，说，这咋办呀？小悦说她老公出差了，她在开发区上班，还挺远的，上下班都是坐班车，一时半会儿也回不来呀。一个城管说，让她坐公交。我说屁话，那还来得及？我立即拨了中茵派出所的电话，请所长派车去接小悦。派出所派了辆警车，呼啸去，呼啸来，不到半小时，小悦回来了。

见到小悦，我劈头盖脸地批了她一通。她愣愣地看着我，知道闯了大祸，很是紧张，拿钥匙的手都哆嗦了，门也打不开。我说你快点儿，再慢就来不及了。F城全民创卫辛苦了两个月，不能毁在你一人手上。小悦脸色发白，鼓捣了半天的钥匙，才把门开开。透过阳台的门窗，我一眼就瞄见了尿布，在风中摇摆得厉害。风比刚才大多了，吹得窗户哐当哐当直响。我拉开阳台的推拉门，一股强风破门而入，吹得我摇晃了一下。一个城管迅速扑向阳台，伸手去拿尿布。就在快触到尿布的瞬间，尿布突然随风而起，悠悠地飘了出去。尿布在空中忽左忽右，忽上忽下，仿佛在尽情享受风的爱抚。我舒出一口气，轻松地看着尿布在飞翔。尿布像是个调皮的孩子，在空中飘啊飘啊，飘啊飘啊，直到风小点儿

了,才开始缓缓下落,最后落到了主街道对面的九楼阳台上。

这可坏了。我急忙给创卫办的小张打电话。小张就在街道上,我让他马上去取。小张奉命上楼。可等了半天,也没见小张出现。我急坏了,再打电话,小张说,这家没人。我说,敲邻居的门。小张说,敲了,也没人。我说楼上楼下都敲,找这家人的手机号。过了一会儿,小张来电话,说敲了,人家都不知道号码。我急了,这该如何是好?无奈,我拨了创卫办马主任的电话。马主任正在陪同省领导检查。我说马主任,别把省领导带到中茵名都来,这里有情况。马主任压低声音说,这怎么可能?都是事先安排好的。我说,那咋办?马主任仍是低声说,情况危急,立即拨打119!不愧是主任,这招太高明了。我立即拨了119,消防队闻讯而动,赶赴现场。消防官兵问我,火在哪儿?我赶紧解释,说明事由。消防官兵很是不满,骂了我一顿。我赔着笑脸,请他们务必先将尿布取下来,并一再说明,这块尿布的危害远大于一场火灾。消防官兵迅速架起云梯,到了楼上,将尿布取了下来。

我擦了擦头上的汗水,悬在心里的石头终于落了地。我感谢消防官兵在关键时刻,为我解了燃眉之急。我忍不住伸过手去,要表达谢意。不料消防官兵递了张通知单给我,根据《中华人民共和国消防法》第四十七条第三款的规定:阻拦报火警,谎报火警的,处警告、罚款或十日以下拘留。

消防车走了。我呆呆地看着通知单,不知所措。这时马主任过来了,我悄悄地对马主任说了。马主任竟忍不住笑了,然后收起笑容,说,你谎报火情,当然要受罚,明天创卫就结束了,批你十天假,去消防大队学习十天吧。

我郁闷至极。这时小悦过来了,要尿布。我满肚子怒气冲她而去,小悦被骂得尴尬。我顺手将通知单递给她。这事由你而起，明天你去消防队学习十天，否则，你就等着接受罚款吧。

小悦傻眼了。

轮　回

青湖是个小县。小县没什么优势，招商不容易。何县长亲自赴香港，妙语连珠，口若悬河，把青湖说成了天上人间，终于招来了化工厂这个大项目。何县长亲自保驾护航，督促化工项目上马，工商税务金融一路放行，畅通无阻。厂房落成，即将开工时，一盏红灯蓦地亮了——消防检查没通过。何县长很是不悦。这是何县长的地盘，何县长说了算。何县长说，什么消防不消防的，先开工再说。消防支队知难而退，化工厂如期开业。

化工厂投入运营了，生产如火如荼，效益一路飘红，成为青湖县纳税大户，给何县长添足了荣光。消防支队敦促化工厂，消防必须完善，都被何县长一笑置之。何县长笑他们死脑筋，安全固然重要，招商才是硬道理。

既然县长有话，就顺其自然吧。化工厂洋溢在热火朝天中，而一场爆炸也在不知不觉中酝酿。在一个夜晚，化工厂的储罐区发飙了，怒火冲天，吼声震地，整个青湖都震动了。

青湖震动了，省市领导震惊了，立即组织专案组调查，顺藤摸瓜，摸到了何县长。何县长掸了掸袖子，说，项目是我牵的，安全生产不归我管。又说，我不懂消防安全。一干人马都法办了，管安全的副县长也进去了，唯有何县长安然无恙。何县长不懂消防。

前车之鉴，新上任的副县长不敢怠慢，将安全生产当作头等大事，报纸电视反复宣传，更深入基层，调研考察。青湖人的安全意识浓了，整个青湖空前地安全了。青湖从安全的反面走到正面，成为安全生产的典范。许多兄弟县市前来青湖考察，学习，取经。何县长因此获得不少美誉，不久便荣升为凌州市副市长，专抓全市的安全生产。何县长对市委任书记说，我不懂消防安全啊。任书记笑了，知道谦虚，是个好同志！青湖的安全生产怎么搞的，你就照着搞嘛。何县长感激任书记的知遇之恩。

何副市长分管安全了，先将青湖县分管安全的副县长调市安监局任局长，又对市安监局领导班子进行了调整，再照搬青湖县安全生产管理的经验，对全市安全生产进行普查，尤其是化学危险品等特种行业，更是重点。何副市长要大干一番，要彻底改变凌州的安全现状。

为了全面提升凌州形象，市委决定新建市府大楼，任书记亲抓此项工程。任书记提出三个要求：高标准，高质量，高进度。市府大楼很快破土动工，干得热火朝天，只争朝夕。行政审批手续能免则免，能快则快。十个月后，市府大楼傲然屹立，如一道风景，吸引着全市人民的目光。

何副市长也开了绿灯。这是任书记的项目，何副市长没有理由亮红灯。没有任书记，便没有何副市长的今天。尽管，市府大楼的消防检查不合格，所有消火栓均缺少消防卷盘，消防水泵未设置备用泵。消防支队本来下了整改通知的，何副市长接到了任书记的电话，要求先启用，再完善。何副市长没有犹豫，马上向消防支队转达了任书记的指示。队长在权衡之后，选择了服从。

市府大楼落成了，召开了隆重的竣工典礼。彩旗飘飘，锣鼓喧天。任书记做了重要讲话,表彰了相关部门,也表彰了安监局。何副市长也讲了话,要求各单位要重视安全,要常抓不懈,警钟长鸣。

晚上,市府大楼灯火通明。广场上,鞭炮声声响彻云霄,烟花朵朵凌空盛开。不时有风吹来,烟花在空中迷失。上万市民仰头瞩目,一睹市府大楼的初妆。不知何时,一朵烟花迷失了方向,飞进了市府大楼里。没多久,冲天的火光挤出大楼,照亮了夜空。广场一片混乱。

火终于灭了。市府大楼像烧焦了的木桩,凄然独立。火因很快查明了,同时还发现,市府大楼消防设施严重不合格。层层追责,最终落到何副市长的头上。何副市长说是任书记的指示。任书记说,我不懂消防安全啊,这是何副市长分管的。

又是一干人马法办了。任书记没进去。何副市长也没进去,但被撸了职,撸了个精光。

血　谏

“老板,四楼的通道是消防通道,不宜作为装配车间,万一发生火灾,我们五楼的员工将无路可逃。”铁小七记不清这是第几次向贾老板提出这个问题了。

“就你铁小七胆小怕死,其他员工怎么没意见呀?你听着,如果你再提类似的问题,我就炒掉你!”贾老板一见铁小七就火冒三丈,这家伙老是没事找茬,三天两头跑来向他提意见,一张口就是火灾呀事故呀,一句吉利的话也没有。贾老板知道他铁小七当过几年兵,做过义务消防员,可工厂才办了一年多,赚钱不容易,哪有资金去管什么安全?只要平时注意点,哪来那么多的事故!

可这铁小七真是个铁头,一意孤行,就是不低头。过了两三天,他又找贾老板:"老板,什么时候将装配组搬出去呀?花点钱租间房做装配车间吧,不然,后果不堪设想。"贾老板不耐烦地把老板椅转向窗外,给铁小七一个侧影。

铁小七不依不饶:"老板,水火无情呀。一旦发生事故,损失的岂止是您的几十万资产,还有几十条员工的生命呢。人命关天,非同儿戏啊。"贾老板闭上眼睛,悠闲地吐着烟圈:"你去和员工说一下,让他们工作时注意安全。工厂暂时资金短缺,等有了钱再说搬车间的事。"

铁小七叹了一口气,无奈地走了。

贾老板以为对铁小七采取冷漠的态度,就可以让铁小七死心。可没想到铁小七非常执拗,不管在车间在办公室还是在路上,一遇见贾老板,就喋喋不休地说安全:"老板,五楼的灭火器早就过期了,为什么这么久还不换啊?"

"老板,消防栓根本没有水,应当及时维修才是啊。"

"老板,车间的大门应使用防火板做材料,现在的门是普通材料做成的,不具备防火性能的……"

"啪",终于有一天,贾老板猛地把桌子一拍,桌上的水杯几乎被震倒:"你当我是白痴呢?就你懂得安全的重要,我不懂?我现在正式通知你,留厂察看一个月,再捣乱,我炒你的鱿鱼!"

铁小七沉默了,看了看贾老板,双眉紧锁地走出了老板的办公室。

没过一星期，铁小七又来了，不安地搓着双手："老板，我也不想说，可我不能不说。车间的柴油随便倒在盆里，又没有封盖，不小心就可能被碰倒。车间的烘箱很热，一旦碰到柴油就会引发火灾……"

"够了！"贾老板怒不可遏地从老板椅上弹了起来，"安全重要还是生产重要？我整天去抓安全，你们这些员工喝西北风？你不务正业，处处与工厂唱对台戏，我要炒掉你！下个月你立即离厂，没有商量的余地！"

铁小七嗫嚅着双唇，终于没有说出声。

这天夜晚，铁小七和七八个员工正在上夜班。约莫凌晨三点多钟，大家都有些困意，一个员工迷迷糊糊中踩翻了柴油盆，柴油立即四处扩散，可大家都没留意到柴油流到了烘箱的下面。烘箱下面的温度很高，瞬间便燃起了熊熊大火。铁小七立即冲向灭火器，但灭火器早就失效了。另一个员工抡起铁锤砸开了消防栓，可消防栓根本没有水。铁小七沉着冷静地要求大家伏下身子向楼下逃生，遗憾的是，消防通道被装配组占去了一大半，而且装配组的门被火烧着了，人根本无法通过。

眼看着七八个人被困在五楼，铁小七迅速脱下外套，撕成一条条，拧成绳子，其他人立即效仿，大家迅速把布绳接起来，一头拴在窗棂上，另一头垂下楼去。铁小七让大家一个接一个顺着布绳滑下去。只剩下铁小七了，他忽然想查一下楼里还有没有其他人，便对着弥漫着浓浓黑烟的车间喊了几声，确信车间里没人，这才爬上窗台，抓着布绳往下滑。

眼看铁小七已滑到了三楼。就在这关键时刻，窗棂上的布绳被大火烧断了。铁小七抓着脱落的布绳，像一片落叶从三楼坠了下去……

贾老板闻讯赶来时,摔得面目全非的铁小七快不行了。铁小七躺在地上,瞪了一眼贾老板,便永远地闭上了眼睛。

贾老板的财产也在这场火灾中化为灰烬。

麻将培训班

下岗后的肖禾沮丧极了,无意中看到一则体育新闻。大意是说市里近期要举行麻将大赛,还说国家已将麻将正式列为体育竞技项目。这么说,麻将这一“国粹”将名正言顺地登上大雅之堂,被赋予了新的意义,很有前景了。这么说,麻将背了几千年的黑锅终于一朝见天日,彻底平反了。肖禾兴奋得有些坐不住了。

这么多年,其他能耐肖禾没有,说到麻将,可不能小瞧肖禾。一年三百六十五天,他至少有三百个晚上是在麻将场上纵横驰骋,差点没让麻将成了正业。凭着多年的麻将生涯,虽不能称霸一方,技压群雄,但若搞职称评定,高级不够中级是绝对没问题的。若不是国家三令五申地禁止赌博,就凭麻将这一技之长还愁吃不上饭?现在,机会来了,现在该是肖禾大显身手的时候了。

主意已定,即付诸实施。接下来的几天,肖禾通过各种渠道对市场及政策法律作了一番调查分析,经过缜密的策划,肖禾终于做出了近乎大胆的决定:免费举办麻将培训班。肖禾对培训计划、培训人数、资金来源、培训场地等,一一作了安排,一切准备就绪。

第二天,肖禾通过在市报当记者的同学,在市报做了广告。

两天后，一条招生的信息在市报中缝登了出来："为发展体育事业，钻研麻将技艺，现举办麻将速成免费培训班，为期半个月，每期招收 10 名学员，欢迎初学者踊跃报名。""免费"二字加了着重号。

虽说广告的位置不显眼，但效应很明显。几天内肖禾接到了几十个电话要求拜师学艺，大大出乎了肖禾的意料。

第一期学员圆满结业了。他们恭恭敬敬地和老师合影留念，聚餐联欢。学员们抓住这最后的机会缠着要再与肖老师摆开阵势，从老师那里学点绝活。于是，联欢会变成了麻将场，几场牌打下来，自然还是肖禾的口袋最鼓。

肖禾对自己的再就业工程充满了信心，培训班开展得红红火火，一期又一期的学员结业了。学员们像一颗颗珍珠散落在民间，逐渐成为社会各阶层麻将场上的中坚力量。

这天，肖禾正在给学员们上理论课，来了一位身穿工商制服的人。来人不客气地闯进了教室。肖禾忙笑脸相迎。工商官员把教室环视了一遍，冷冷地说："培训班有营业执照吗？"

肖禾递烟倒茶，诚惶诚恐地说："我们办学不以营利为目的，您看还办吗？"肖禾让学员拿出市报广告，毕恭毕敬地递过去。

工商官员连眼也不抬一下，用不可思议的口吻说："不收费？你吃饱撑的？"肖禾有点尴尬，脸上一阵红一阵白。

正说着又来了一个穿制服的人。那人倒挺温和，自我介绍道："我是税务所的，听说这里办了个培训班，想了解一下你们办税务登记了吗？"肖禾不敢怠慢，谦逊地解释道："我们办学分文不收，没有营业额，谈不上交税呀。""什么？"税务官员像没听清楚似的，从肖禾手中接过市报广告仔细看起来。"哦，你们是支持体育事业，没想到麻将现在冠冕堂皇地成了体育项目，肖禾，你这是为社会无偿作奉献呀。”税务官员马上见风使舵，使肖禾有些得意，连声说：“哪里、哪里，不过是尽自己的一点微薄之力而已。”“哪天我也来拜您为老师，讨教讨教。”税务官员说。“岂敢、岂敢，您这是取笑我了，有不周到的地方，还请你们多指教。”肖禾知道这些政府官员没一个不是麻将场上的高手。岂能在他们面前班门弄斧？“好了，不打扰了。肖老师，但愿你为社会多培养些麻将人才。”税务官员边说边满意地推着自行车，准备离去。

工商官员原本一直板着脸，见税务官员把肖禾捧成有功之臣，也顺势附和着说：“既然你们不是什么正规的社会办学机构，是一起切磋技艺，那就不必办执照了。”

恰在此时，一辆摩托车风驰电掣呼啸而至。从车上下来一位民警，问：“哪一位是肖禾？”肖禾应声来到民警面前。民警打量了一下在场的人，然后说：“有人反映你们聚赌，是不是这么回事？”肖禾小心翼翼地翻出培训制度、办学宗旨，脸上一直挂着的笑容已显得有些僵硬，诚恳地说：“我们办学是培育新人，切磋技艺，跟赌博完全是两码事。”学员们也纷纷为老师辩解。

正要离去的税务官员和工商官员围了过来，对民警说：“刚才我们查看了，他们是在切磋麻将技艺，支持体育事业。”民警顿时由原来的气势汹汹，化作了深深的敬意。

说话间已是午餐时分，肖禾邀请他们吃个便餐，三位官员客气了一番便留了下来。肖禾订了一间上档次的酒店盛情款待。席间，三位官员又把肖禾的无私奉献精神赞扬了一番。肖禾感谢政府给予的支持，并恳请官员们以后能多提供方便。酒足饭饱、脸红耳热后，肖禾和三位官员正好一桌，摆起战场筑长城。肖禾并未拿出真本事，三赢一输。肖禾心中有谱，这是感情投资，虽输犹赢，为的是能让培训班持续办下去。三位官员满载而归。

一年后，市里又紧锣密鼓地举办第三届麻将大赛。经过激烈的角逐后，培训班首批学员申梁力挫群英，荣登榜首。

肖禾马不停蹄地为培训班扩大规模做筹备工作，重新租场地，聘请市体委主任担任名誉校长，聘请申梁当教员……

半个月后的一天，肖禾正在编写新学员的教材，忽然接到工商、税务、公安三部门发出的联合通告：据群众举报，麻将培训班涉嫌聚众赌博，责令依法取缔培训班，并处以五万元罚款。

肖禾几乎承受不了这个打击，一下子瘫了下去。

他找了几位平素交往不错的政府官员，请他们帮忙说说情，几位官员面露难色，不是推说没时间，就说使不上劲。眼看着取缔培训班的日子越来越近，肖禾心急如焚，只好去找体委主任碰碰运气，看看他能否出马了。

晚上，肖禾提了两瓶剑南春和两条中华烟来到体委主任家，体委主任高大肥胖的身体陷在沙发里。肖禾说明了来意，体委主任连说："难啊，难啊。"接着摇着那浑圆的脑袋，用略带责备的口吻说，"你当初办培训班就应当与我们协商，挂靠到我们体委来，就不会有今天这样的麻烦了。申梁将代表我市去省里参加比赛，但他师出无名，不是我们体委培训出来的，体委没有一点成绩，你说我们面上有没光彩？弄得我们向上面也不好交代呀。"体委主任停顿了一下，缓了下口气说，"这样吧，明天我去试试看，跟有关部门打个招呼，看能不能把培训班挂靠到体委来，还让你来主办，我们负责指导指导。你先回去，等我的回话吧。"

肖禾心中又升起了一线希望。

房　客

老韩是我的房客。

我在新世纪花园有套住房，四室一厅，闲着呢，准备出租。租房启事贴出好久，都没人来租，直到老韩的出现。因为我条件苛刻，四室一厅要整体出租，不分租。以前分租过，租他一间，租你一间，等收房租水电时，麻烦事来了，今天找他，明天找你，这个出差，那个关机，收个房租要跑十八趟，腿都累折了。老韩爽快，说好好好，我全租下。我说四室一厅，你一人住得了吗？老韩哈哈一笑，说，我是韩信带兵，多多益善，房子越多越好。我颇不解。老韩说，我是个老板，福建人，在你们这里开了家电子厂，做手机的。房子租下来是给我和我的员工住的。老韩随手拉开背包的拉链，里面果然有十几部手机。

房子租给了老韩，月租两千。过个十天半月我要去看一下，怕老韩在房间里瞎折腾，破坏了房间结构。老韩挺规矩，房间一切照旧，而且收拾得蛮干净。每次我来了，老韩都是笑脸相迎，很客气，泡一壶碧螺春，和我边喝边聊他的生意。房里新添了不少东西，都是半新不旧的。客厅里多了张很大的老板桌，还有沙发、电脑。除老韩住的那间是张大床外，另三个卧室多了九张上下床。墙上还贴了张住宿规定，包括卫生、水电、值班安排之类的事。老韩说，我们是开工厂的，对员工当然要严格管理了。

我和老韩渐渐熟了起来。说实话，能认识个大老板，心里还是蛮高兴的，所以有事没事就往新世纪花园跑，找老韩聊聊。老韩说他在福建有三间工厂，在我们这儿的电子厂，只是组装手机的。他又从房间里拿出几部手机来，说都是他们厂组装的手机。我看那些手机，太漂亮了，爱不释手。我试探着问老韩，凭咱们这关系，买你手机能便宜吗？老韩说当然，你是我的房东，卖给你当然要便宜，而且是大大地便宜，说得我心里痒痒的。我说便宜多少？老韩说，八点五折。我心里琢磨老韩挺够意思的，嘴上却说，就八折吧。老韩又推托了一番，最后还是八折成交了。

换了部新手机，不少朋友看了都说漂亮，再问价格，都动心了。我就一次次找老韩，两三个月时间，断断续续买了十三部手机。后来，再有朋友要买手机，我都自告奋勇地帮他们买老韩的手机。

三个月后，我去收房租，老韩付了钱后，说下月要退房了。我一惊，说，咋退房呢？老韩说，我要离开了。我说，工厂倒了？老韩说不是，关了，工厂要撤回福建了。我“哦”了一声，我说你那些员工呢？老韩说，都跟我去福建。

一个月后，老韩退了房。房间内的老板桌、沙发、电脑都撤了，上下床也都清空了，房间打扫得也挺干净。我以为房间的东西都卖了呢，老韩说都是从旧货市场租来用的，现在都还了。老韩不愧是生意人，连办公用品都是租来的。

老韩走了，我不得不再贴出租房启事。还是整租，希望能再遇到一个大老板。启事贴了一个月，无人问津。无奈，我只好分租。几天后，就有人来租房了，是个小伙子。小伙子叫王科，有些面熟。王科也愣愣地看着我，问，你是房东？房东不是老韩吗？我也愣了，老韩？老韩是我的房客。我又说，你是老韩的员工吧？怎么没去福建？小伙子不明白我的意思，愣愣地望着我，说，我是老韩的房客,不是他的员工。我在一家酒店打工。我以前就住这个房子,是老韩租给我的。

我脑子有点乱,坐下来和王科慢慢理,才理出头绪来。事情大概是这样的:老韩花了两千块租了我的房子,然后再分租给王科他们。老韩对我说王科他们都是他的员工,其实不是。他们都是外地人,在我们这儿打工,成了老韩的房客,成了我间接的房客。我问王科,老韩租给你们多少钱?王科说,一个床位一百六。我算了算,除老韩住一间,还有三间,每间放三张上下床,住六个人,老韩共收了房租两千八百八十元。乖乖,老韩一分钱房租没出,还赚了八百多!

我感慨,老韩真是太精明了,一点赚钱的机会都不放过。他可是做手机的大老板啊。王科点头,对对对,他是做手机的,还经常向我们推销呢。不过,他好像不是个大老板,大老板咋能没车吗?我恍然大悟,确实没见老韩开过车。

过了两月,我去拜见老朋友老郭。虽在同一座城市,但两家相距较远,所以走动较少。闲聊之际,老郭摆弄着他新买的手机,居然和我的一模一样。问在哪里卖的,老郭说了,竟是老韩卖给他的。原来老韩没回福建,而是租了老郭的房子。我让老郭带我去见老韩。

老韩租了老郭的三室一厅,里面又住了十来个他的"员工"。见到我,老韩不好意思地笑了,说其实他是卖手机的,不是做手机的。换租房,是为了不断地开辟新客源。租房再分租给别人,他自己就不用掏房租了,而且多少还能赚点呢。

老韩嘿嘿地笑,却笑得我很不自在。

硬　币

秦东门大道上有处红绿灯，红绿灯处的地上，不知是谁丢了或扔了一枚硬币。面值不大，一毛。

爸爸骑着电瓶车到这儿时，正好是红灯。爸爸一只脚支在地上，数着红灯一秒秒地过。坐在后座上的西瓜眼尖，说，爸，地上有一毛钱。爸爸一低头，果然在他脚边上有一枚亮闪闪的硬币。一起等红灯的有七八个人，都看见了硬币。西瓜刚想从后座上下来，被爸爸的大手按住了。爸爸飞起一脚，硬币从地上弹跳着，向一边滚去，滚到了一个女人脚下。女人轻蔑地看了一眼。绿灯亮了，爸爸载着西瓜走了。

爸爸带着西瓜来到路边的小吃摊。小吃摊面前是街，后面是护城河。爸爸买了豆腐卷和稀粥，边看表边催西瓜抓紧吃。这儿离学校近，每天早上爸爸都和西瓜在这儿吃早餐。

第二天，路过那红绿灯处，西瓜再次看到了那枚亮闪闪的硬币。后来连续几天，西瓜都看见了硬币，心里很是惋惜。那天爸爸在等红灯时，那枚硬币正好在西瓜脚边上。西瓜一弯腰，一伸手，完成了一个不易被爸爸觉察的小动作。

又一天，爸爸带着西瓜在小吃摊上吃早餐。结账时，爸爸和摊主发生了争吵。事情是这样的。豆腐卷一直是两毛一个，今天涨到了两毛五。爸爸吃了两个豆腐卷，给了四毛钱。摊主说，五毛。爸爸说，一直都是四毛啊！摊主说，涨价了。爸爸说，那你应该告知顾客,不能让顾客稀里糊涂掏钱吧?你这么做,纯属欺骗消费者!摊主不高兴了,说,不就涨了五分钱吗?爸爸犟上了,将四毛钱往桌上一放。摊主说,我卖别人两毛五,卖给你两毛,这不更是欺骗消费者吗?不行,你得再给一毛!爸爸不给。摊主不让爸爸走,抓住电瓶车的后座。西瓜急了,朝摊主嚷:你松手,我要上学,我要迟到了!爸爸看西瓜急了,就过来推搡摊主。爸爸和摊主纠缠在一起,谁也不让谁。爸爸从口袋里掏出百元大钞,在摊主面前晃了晃:我不是没钱,但我要消费得明明白白,多一分我也不给!摊主说,我不挣昧心钱。该要的我要,不该要的我坚决不拿!西瓜一看时间,快要上课了,说爸,别吵了,给他一毛钱吧。爸爸说,不给!西瓜说,快迟到了!爸爸说,今天就是不上学了,也不给!

西瓜急了,蓦地想起了什么,急忙从口袋里掏出了一毛钱,对摊主说,叔叔,给你!爸爸猛地抢过了一毛钱,说,不给!西瓜又从爸爸手中抢过了钱,说,我要迟到了。爸爸在火头上,按着他的手说,迟到也不给!围观的人都劝爸爸。西瓜大声喊,爸,这一毛钱是我捡的!爸爸愣了一下,才让了步,说,那就当我捐款了,捐给可怜的灾民了!西瓜将一毛钱送到了摊主手上。

摊主接过一毛钱,冷笑一声,当着爸爸和西瓜的面,用力一弹指,一毛钱闪着一路银光,像个失衡的鸟儿,一头栽进了护城河。

退 宿

天有点冷,但阳光很好。这是中午。我开着车,沐浴着骄阳的温暖。

手机哔了一声,女儿来了信息。“爸,下午三点之前你来学校,老师找你,一定要来!要不我就被退宿了,具体情况你到学校了,我再和你说……”

退宿?我当即惊了一身汗。本来柔暖的阳光,现在感觉热了。女儿读高一,学校离家四五十里,要是退了宿咋办?我焦虑起来,等不及三点,马上调过车头,去女儿的学校。

到了学校,两点半,女儿在上课。我没找女儿,直接找到政教处。一位年轻的老师问明我的身份后,说明了情况。“学校规定十点半熄灯,熄灯后住校生必须睡觉。但昨天晚上,宿舍熄灯后,你女儿蒙着被子出来,吓坏了一个女生。那女生大呼小叫,惊动了整层楼,严重影响了学生休息。根据校规,你女儿必须退宿。”年轻老师抬头看我一眼,说,“希望家长能配合一下,克服暂时的困难。”

我没想到校方动真格。路上我还抱着侥幸心理,以为家长批评了孩子,让孩子承认错误,或者家长说些好话,哪怕装回孙子,学校给个警告,了结此事呢。然而校方没有缓和的余地,直接要我女儿退宿,把我这个家长逼进了死胡同。

狗急了咬人，猫急了抓人。我被逼急了，我反问年轻老师：“我家离得远，如何克服困难？”年轻老师平静地说：“在外租房吧。”我说：“一个女生在外租房，合适吗？做家长的能放心吗？”年轻老师说：“你们家长想办法吧，我是按学校规定处理的。”我心中的火腾腾升起：“你让我想什么办法？你这是处罚学生，还是处罚家长？！”

年轻老师对我的激烈言辞表现出不屑，说：“我是按校规来处理。你要有疑问，可以找你女儿或宿管员了解情况。”我跑上二楼，把女儿从课堂上叫了出来。女儿看我脸色难看，害怕极了，嗫嚅着嘴唇，半晌才说话。女儿说她是舍长，那晚十点后，有个同舍女生在门口咚的一声摔倒了，动静很响。女儿从床上滑下来，跑出来扶起同学。女儿是裹着被子出来的。女儿有睡觉戴眼罩的习惯，当时也没顾上摘下。女儿在扶同学时，吓到了另一个同学，那同学尖叫了起来。

原来如此，我心里释然。女儿这是做好事，是可取的，且值得提倡。于是我又去找年轻老师理论。我让女儿陈述了事情的经过，但年轻老师认为那只是我女儿的片面之词，不足为信。班主任也说：“学校是这么规定的，的确有几名同学被退宿了，在外租房住呢。”我愤然地说：“你们这是不负责任的态度，是把难题推给家长，把责任推给社会。”

见我怒火中烧，又见我女儿言之凿凿，年轻老师有点不自信了，说：“我再去找学生调查一下吧。”

我坐在政教处，踱着步子，来回地走。我体会到蚂蚁在热锅上的滋味了，坐也不是，站也不是，感觉脚下着了火。我左等右等，跑门口张望几次，也不见年轻老师回来。我抓过一张报纸，几秒钟就翻完了。又看墙上的规章制度,一目十行。我又来回踱步,踱了半个多小时,年轻老师回来了,身后跟着一位年龄稍长点的老师。年轻老师介绍说:“这是年级主任。”

我心里扑通扑通地跳,牙齿也在打战。毕竟,事关女儿命运,也事关我的命运。女儿若是被退宿了,就将面临两种选择:要么我辞职来陪女儿租房,要么是女儿退学回家,重新择校。这两种选择,哪一种我都不能接受。尽管我做好了誓死不答应的心理准备,可校规由不得我,真的要退宿了,我能奈何?所以我分外紧张,像等待判决似的,等着年轻老师的宣判。

年轻老师开口了:“刚才我们重新调查了你女儿宿舍的所有同学,你女儿所说情况完全属实,她这种助人为乐的精神还是值得表扬的,所以不作退宿处理。”我闻言,如获大赦,紧绷的弦顿时松了下来,心跳正常,牙齿吻合。“……不过她影响了宿舍管理规定,所以通报批评还是必须的。”年轻老师措辞谨慎,并解释校方的有关规定。批评就批评吧,只要不让女儿退宿就行。

当然,我心里还是有些不平,以至于半年后和女儿闲聊时,说起这事来,心里还是有些不满。“你们老师咋能这样,凭什么不将事情调查清楚,就对你做出退宿处理?凭什么让我们家长随叫随到?他们又凭什么制定出处罚家长的校规?……”

女儿忽然羞赧一笑,说:“爸,这事都过去半年了,你咋还提呢?其实,那件事确实是我的错。”我愕然。女儿却满不在乎,说:“晚上十点后,宿舍的同学都没睡呢,我和一个同学在嬉闹,吓着了另一个女生……”我很吃惊:“你们老师不是调查宿舍同学了吗?说你所说情况属实的呀。”女儿还是笑:“我是舍长,要大家共同守个秘密,还不容易?”我说:“你当时咋不告诉我真相?”女儿说:“告诉你真相,你就做不到理直气壮了。”

我无语。女儿说得没错,如果告诉我真相,我肯定底气不足,那么女儿肯定就被退宿了。

车 票

阿蒴来深圳打工三年了,还一次没回过老家。

三年没回家的阿蒴在半年前就暗暗下定决心,今年春节一定要回家!决定回家的阿蒴几乎每天夜里都做着温馨的梦,梦见自己的父母和孩子。

快到春节时,想回家的打工者纷纷开始预购车票了。深圳这地方,每到过年买张火车票比办护照还难。

阿蒴提前一个月就到美新广告部订购去商丘的车票了。美新广告部的黄小姐很热情地接待了她,说:“下个月的票现在车站还没出售呢。你来得太早了,过了十五号再来看看吧。”

黄小姐甜甜地笑着,笑得阿蒴有点不好意思。

阿蒴天天想着车票的事,眼巴巴地等到十五号。可厂里偏偏那天赶急活,晚上加班到午夜,没能去成。第二天阿蒴利用午休时间一路小跑过去。阿蒴的额头沁出了汗珠。

黄小姐笑了,说:“别急,你再过三天来看看。”

“我们加班多,抽不出时间来买票。”一种不祥的预感罩在阿蒴的心头。

又过了三天，阿蒴利用午休时间再去找黄小姐。黄小姐说：“你现在只能买到本月三十一号以前的车票，下个月的车票现在还买不到。”

阿蒴说：“我申请休假的日期是从二月六号开始，提前回家厂里不批准。”

黄小姐说：“那你四五天后再来看看吧。”

如坐针毡地熬到二十五号，离过年只有十几天了，阿蒴的车票还没买到。

黄小姐说：“现在春运已经开始，车票非常紧张，车站里只售一个星期内的票，就是说现在还买不到二月六号的票。”

阿蒴急了，问黄小姐能不能想想办法？

黄小姐说：“实在没有办法，我们也是倾心倾力为顾客服务的，可车站不卖票我们能有什么办法？要不你去其他车票代售点看看。”

阿蒴便去了好几家酒店、商场的车票代售点询问，得到的回复和黄小姐所说的一样，车站只卖一星期内的票。阿蒴的心事被车票牵扯着，乃至上班迟到了半个小时竟浑然不知。回到厂里被主管狠狠地臭骂一通，还被罚了三十元，记过一次。阿蒴的心情很是晦暗。

同事说她们的主管在惠州车站有朋友，能买到车票。阿蒴恳切地请主管帮忙，主管答应了。可两天后，主管告诉她：“票卖完了，你说得太迟了。”

黄小姐说她太早了买不到，主管又说她太迟了买不到，啥时是迟啥时是早，究竟啥时买票才叫不迟不早？阿蒴真的糊涂了。

又有同事对阿蒴说：“听说在深圳高交会馆那里能买到火

车票。”

阿蒴便请朋友去高交会馆排了一天的队。朋友好不容易排到窗口时,里边挂出牌子,写着二月九日前去商丘的票已经售完。

阿蒴的心里像着了火似的,几次工作出错。主管本想骂她的,还没开口,已看到阿蒴的眼圈红了。

阿蒴又找黄小姐。看她一次一次地跑了这么多趟路,黄小姐都不好意思了。黄小姐说:“到商丘的车票很紧张,你再等两天来看看吧。如果买到票,我立即通知你。”

阿蒴忧心忡忡地说:“现在离二月六号只有五六天时间,请你千万帮我这个忙吧,哪怕多给点钱我也心甘情愿。”

黄小姐说:“我们不会多收钱的,不过现在春运开始了,车票涨了价,我们的手续费也涨了。”

阿蒴说:“不管多少钱,麻烦你一定帮我搞一张票。”

黄小姐说:“要不你留个电话吧,就省得你左一趟右一趟地瞎跑了。”

阿蒴说:“我们上班是不准接电话的,还是我亲自来找你吧。”

二月二号,母亲又打来电话,问阿蒴车票买好了没有?阿蒴急得眼泪都流下来了。母亲说实在买不到票就别回来吧。母亲的口气饱含无奈和凄凉。

二月三号。黄小姐歉意地说:“五号、六号、七号、八号到商丘的票都已经卖光了,九号以后的票车站还没卖。”

阿蒴的眼泪喷涌而出,心中波涛起伏。她无法接受今年又不能回家的事实,眼前浮现着母亲倚门盼归的凄凉景象。

“黄小姐,你能不能想办法搞一张高价票?我愿意出双倍或者更多的钱。”阿蒴用近乎哀求的语气说。

“你的心情我能理解，我一定尽全力帮助你。”黄小姐有些感动，一改职业化的口吻。

“谢谢你，黄小姐！我以后每天中午来找你。”

四号。黄小姐摇摇头。

五号。黄小姐仍是摇头。

六号，阿蒴再来美新广告部，黄小姐的脸上终于有点兴奋，说有一张七日从惠州到淮北的车票。阿蒴不知淮北离商丘有多远，于是在黄小姐递过来的地图上认真地看了起来。

“就要这张票吧。”阿蒴终于破涕为笑。

黄小姐说：“这张票没座位的。”

阿蒴说：“只要能回家，站着也开心！”

黄小姐也为阿蒴感到高兴。

二月七号一大早，阿蒴就坐车来到惠州火车站。想到明天就可以见到阔别三年的爸妈，阿蒴感到整个人都飞了起来。

“小姐，您好！请问您去哪里？”阿蒴正在候车时，一个中年妇女过来和阿蒴搭讪着问。

“我坐到淮北，再去商丘。”阿蒴心不在焉地说。

“哇！真巧，俺们可是老乡哩。”中年妇女用地道的家乡话说。

一听是老乡，阿蒴也很兴奋。

中年妇女说：“你的车票呢？我看看咱俩是不是坐在一起？”

阿蒴把车票递给了中年妇女，说：“我是没有座位的。”

“那真巧，我也没有座位，等会儿咱俩就站在一起，路上有个伴也好照应。”中年妇女把自己的车票也给阿蒴看了看。两人又唠了一会儿嗑，中年妇女说出去买点东西带回家，把车票还给阿蒴便走开了。

检票时，阿蒴在人山人海的候车室里看不到中年妇女的影子，便径自走向检票口。检票员认真地翻看了阿蒴的车票，然后说："你跟我来一下。"

阿蒴很奇怪。

"你这张车票是假的！"

"什么？"阿蒴只觉得脑子里一片空白，急得眼泪直往下滚，声辩自己是从车票代售点买来的，不可能是假的。

阿蒴向检票员求情，能否让她上了车再补票？检票员说春运期间乘客多，不可以上车补票。不管阿蒴怎么哭诉，检票员仍无动于衷，一脸冷漠。

"呜"的一声汽笛，开往淮北的火车抛下紧紧抓着假车票的阿蒴，喘着粗气缓缓地启动了。